suhrkamp taschenbuch 815

Hans Christoph Buch, geboren 1944, lebt in Berlin. Sein erstes Buch *Unerhörte Begebenheiten. Sechs Geschichten* erschien 1966 im Suhrkamp Verlag. Nach einem Intervall von fünfzehn Jahren, in denen Buch vor allem als Kritiker und Essayist hervortrat, legt er nunmehr einen neuen Erzählungsband vor, der in Form und Inhalt an seine *Unerhörten Begebenheiten* anknüpft.

Die Titelgeschichte erzählt ein Kapitel aus Darwins Weltreise an Bord der »Beagle« (1832–34) nach. In Feuerland trifft der junge Naturforscher mit Eingeborenen zusammen, die seiner Meinung nach noch unter den Tieren stehen und immerzu ein und dasselbe Wort murmeln: »Jammerschoner«, das sie von holländischen Seefahrern gelernt haben und das in ihrer Sprache soviel wie Trinkgeld oder Bakschisch bedeutet. Der Versuch des Kapitäns Fitzroy, die Feuerländer zu zivilisieren und zum Christentum zu bekehren, scheitert kläglich: statt dessen geht ihr ganzer Stamm an den von den Engländern eingeschleppten Pocken zugrunde.

Auch alle übrigen Erzählungen des Buches enden tödlich: es sind Katastrophengeschichten, die in nicht immer ernst gemeinter Form die Weltuntergangsstimmung spiegeln, die heute viele Menschen beherrscht: von einem fiktiven »Brief des jüngeren Plinius«, über das »Fetterman-Massaker«, die erste größere Niederlage der US-Armee im Kampf gegen Indianer, bis zum »Tag, als der Rote Khmer kam«; die »Leiden des jungen Jerusalem«, der das Vorbild zu Goethes Werther abgab, beschließen den Band.

Was ein Kritiker 1966 über die *Unerhörten Begebenheiten* schrieb, gilt auch für dieses Buch: »Hintergründig und scheinbar sadistisch entlarvt der Autor soziale, politische, historische Verhältnisse, er verschränkt spielerisch, doch mit deutlichem Hinweis, verschiedene Epochen, Zeiten, ja Kulturen. Er tut dies mit den Mitteln einer Sprache, die parodistisch zitierend den Figuren ihr eigenes Urteil spricht.«

Hans Christoph Buch

Jammerschoner

Sieben Nacherzählungen

Suhrkamp

Umschlagbild: »Schreibender Europäer«, bemalte Holzskulptur, Westafrika, 19. Jahrhundert, Museum für Völkerkunde, Berlin-Dahlem

suhrkamp taschenbuch 815
Erstausgabe

Satz: Hümmer, Waldbüttelbrunn
Druck: Nomos Verlagsgesellschaft, Baden-Baden
Printed in Germany
Umschlag nach Entwürfen von Willy Fleckhaus und Rolf Staudt

Jammerschoner

Man kann sich nur schwer vorstellen, daß dieser wunderbare Schriftsteller lebt. Es ist nicht zu glauben, daß er genauso wie wir die Straßen entlang marschiert. Es scheint, als sei er gestorben. Hat er doch schon so viele Bücher verfaßt. Jeder andere Mensch, der so viele Bücher geschrieben hätte, läge längst schon im Grab. Aber dieser hier – wahrlich ein Übermensch! Er lebt und denkt gar nicht daran, zu sterben, zur allgemeinen Verwunderung. Aber die Mehrzahl glaubt, er ist schon lange tot. So sehr bewundert man dieses Talent. Sind doch Balzac, Dostojewskij, Tolstoj längst in jener Welt, wie andere berühmte Schriftsteller auch. Sein Platz ist dort – neben ihnen. Er hat diese Ehre wohl verdient! Ich sehe ihn vor mir – mit roten Wangen und dick; man kann ihm schwerlich glauben, daß er mal sterben wird. Und er selbst glaubt das wahrscheinlich auch nicht. Aber er wird ohne Zweifel sterben.

Man wird ihm ein mächtiges Denkmal setzen, nach ihm ein Hippodrom benennen – hat er doch Pferde so geliebt. Sein Grab umzäunt man mit einem Gitter. Damit er sich nicht zu beunruhigen braucht. Wir betrachten sein Relief an diesem Gitter. Vorgestern habe ich gehört, daß er verschieden sein soll. Die Mitteilung kam von meiner Tochter, die es liebt, zu scherzen. Ich habe dann so ganz allmählich Freude und Stolz über unseren Freund-Genossen empfunden. »Endlich«, rief ich, »findet er seinen Platz in der Literatur!«

Die Freude war verfrüht und nur temporär. Aber ich glaube, lange werden wir nicht zu warten haben. Er enttäuscht uns nicht. Wir alle bauen auf ihn. Wir wünschen ihm, daß er seine noch unvollendeten Arbeiten vollendet. Und daß er uns möglichst bald die Freude macht. (Beifall)

Ein Pferd wird erschossen

Als ich den Tod herannahen fühlte, versammelten sich um mein Sterbebett meine Familienangehörigen, Freunde und Bekannten, alle, mit denen ich zu Lebzeiten auf die eine oder andere Weise in Berührung gekommen war. Sie kamen angereist zu Wasser und zu Lande, per Straße, Schiene oder durch die Luft; bestückt mit Regenschirmen und Aktentaschen, gefolgt von schreienden Kindern, quollen sie, am Arm ihrer Frauen, aus Charterflugzeugen und Überlandbussen. Das Sterbezimmer war zu klein, um all die Menschen zu fassen; ich mußte die Wände niederreißen lassen, um freien Durchblick zu schaffen für die Menge, die Kopf an Kopf, Schulter an Schulter Flur und Treppenhaus bevölkerte; vom Bett aus dirigierte ich mit Armbewegungen die Maurer, die eben die letzten Gesteinsbrocken aus dem Weg räumten, während Elektriker die Lautsprecheranlage installierten, mit deren Hilfe das Geschehen im Haus, in mehrere Sprachen übersetzt, nach draußen übertragen wurde, wo sich eine weit größere Besucherschar drängte. Im ersten Stock hatte man ein improvisiertes Pressezentrum eingerichtet, kurz *Press-Center* genannt, von dem aus geschickte Hostessen in Sekundenschnelle jede gewünschte Verbindung mit jedem beliebigen Punkt der Erde herstellen konnten.

Mein Bett stand auf einem erhöhten Podium, so daß es von überallher gleich gut sichtbar war. Scheinwerfer tauchten die angetretene Menge in ihr unbarmherziges Licht; obwohl draußen hoher Mittag war, wurde der breit hereinflutende Sonnenschein von den dicht an dicht stehenden Menschen verschluckt. In der Ferne sah man die Spitzen der Zeltstadt, die zur Unterbringung der Gäste rasch erstellt worden war, mit bunten Wimpeln beflaggt, umschwelt vom Dampf der pausenlos aus- und einfahrenden Züge. Das Ganze wurde stimmungsvoll untermalt von den bald rauschenden, bald schmetternden Klängen eines Kurorchesters.

In der ersten Reihe, hart unter dem Podium, standen meine Ehefrauen und Geliebten aus verschiedenen Epochen meines Lebens, die sich früher gegenseitig erbittert bekämpft hatten, jetzt aber, in Erwartung des Kommenden, still einander die Hände hielten. Hinter ihnen, in der zweiten Reihe, meine ehelichen und unehelichen Kinder, die ich zu verschiedenen Zeiten meines Lebens gezeugt hatte; ihre Gesichter verrieten, sei es in Form einer erkerhaft hervorspringenden Nase, eines energisch modellierten Kinns oder einer kühn geschwungenen Braue, den gemeinsamen Ursprung: der Leser wird sich aus den angeführten

Merkmalen unschwer ein Bild meiner Physiognomie zusammensetzen können.

Es folgte, in der dritten Reihe, meine fernere Verwandtschaft, Neffen und Nichten, Großonkel und Großtanten, Basen, Vettern und Cousinen. Dahinter meine engsten Freunde und nächsten Mitarbeiter: Franz, mein alter Schulkamerad, neben meinem Testamentsvollstrecker und Nachlaßverwalter Dr. Ehrlich; Gottlieb, mein Stiefelknecht und Stallbursche aus einem weit zurückliegenden, längst vergessenen Krieg, neben meinem Privatsekretär Dr. Schmock, einem jungen Neokonservativen mit Beatlefrisur. Eine gesonderte Gruppe bildeten meine Schüler und Studenten von zahlreichen Universitäten und Akademien des In- und Auslandes, die über der Auslegung meiner Lehren in einander befehdende Fraktionen zersplittert waren und nur durch den Einsatz behelmter, mit Knüppeln bewaffneter Saalordner von Handgreiflichkeiten abgehalten werden konnten. Im Hintergrund des Saales gab es zahlreiche, zumeist mir unbekannte Gesichter: anonyme Teilhaber der von mir geführten Unternehmensgruppen, die hier zum ersten Mal ans Licht der Öffentlichkeit traten, neben jugendlichen Verehrern meiner Schriften, die gezückte Autogrammblöcke vor der Brust hielten. Dazwischen leuchtete hie und da das Gesicht eines Prominenten: die Königin von E., in einem schlichten Fuchspelz, am Arm ihres Gatten, des Prinzen von W.; ein weltbekannter Stummfilmstar, dessen Namen ich hier nicht nennen darf, in einem kostbaren Ozelot, die Augen hinter Sonnengläsern verborgen, um das Inkognito zu wahren; ein berühmter Reiseschriftsteller, in selbstgeschneiderter Khakiuniform, mit Tropenhelm und Elefantenbüchse; ein pensionierter Papst, der mich durchs Opernglas musterte, bewacht von als Leibwächter verkleideten Kardinälen; bankrotte Millionäre und gescheiterte Monarchen, arbeitslose Politiker und stellungslose Stars – aber ich will nicht mit meinen Freunden protzen. Dazwischen liefen geschäftig Sanitäter auf und ab, die die alle Augenblicke in Ohnmacht Fallenden auf Tragbahren abtransportierten, Zeitungsreporter umschwärmten die Menge wie aufdringliche Insekten, Blitzlichter zuckten, Fernsehkameras surrten, und von Zeit zu Zeit erbebte das Haus unter den Trompetenstößen eines rangierenden Zuges.

Liebe Freunde, rief ich in die sogleich sich ausbreitende Stille hinein, zunächst einmal möchte ich euch danken, daß ihr so zahlreich erschienen seid und die beschwerliche Anreise nicht gescheut habt. Ich habe euch kommen lassen, um euch eine wichtige Mitteilung zu machen. Vorher aber wird mein Hausarzt, Dr. Krankheit, ein paar einführende Worte sagen, ohne die alles Folgende unverständlich bleiben würde. Ich gab dem Beleuchter ein Zeichen, und während der Scheinwerfer mein Bett in regenbogenfarbiges Licht tauchte, bestieg der Doktor, assistiert von seinem Assistenten, das Podium. Tosender Beifall empfing ihn.

Der Gesundheitszustand meines Patienten, sagte Dr. Krankheit und machte eine höfliche Verbeugung zu meinem Bett hin, die ich durch leichtes Kopfnicken erwiderte, ist besorgniserregend. Ich kann die Ausführungen des Doktors hier nur verkürzt wiedergeben, indem ich die wichtigsten Punkte seiner Rede stichwortartig zusammenfasse: Philosophie, Psychologie, Neurologie; Neurose, Neutrum, Professor Neumünster; Experiment gelungen oder gescheitert; Patient lebt noch oder ist tot; Theorie, man kann auch Praxis sagen.

Donnernder Beifall erhob sich; dann mußte der Doktor, von einem Schwächeanfall übermannt, von seinem Assistenten vom Podium getragen werden. Liebe Freunde, rief ich, nachdem wieder Ruhe eingekehrt war, ihr seht, wie es um mich steht. Es ist keineswegs übertrieben, wenn ich behaupte, daß ich nur noch wenige Minuten zu leben habe. Aber ich will keine Grabrede halten und niemanden in Verlegenheit bringen. Ich will vielmehr versuchen, gestützt auf handschriftliche Aufzeichnungen aus meinem Privatarchiv, Bilanz zu ziehen, Rechenschaft abzulegen, soweit die mir noch verbleibende Zeit das zuläßt. Sollten Zweifel auftauchen an der Richtigkeit meiner Darstellung

– niemand ist unfehlbar, nicht einmal ich –, so bitte ich Sie, mich auf der Stelle zu unterbrechen und alle Einwände, ohne Rücksicht auf den feierlichen Charakter dieser Stunde, unmißverständlich vorzubringen. Vorher aber möchte ich alle Versammelten einladen, ihre Gläser zu heben und mit mir anzustoßen auf diese Stunde, die sicherlich meine letzte ist. Ich selbst darf leider nur Wasser trinken, aber meinen Gästen wird Sekt gereicht.

Das Orchester spielte einen Tusch, alle hoben die Gläser, und während die Nachmittagssonne die Köpfe der Menge vergoldete, erfüllte vielstimmiges Gläserklirren den Saal, gefolgt vom fernen Tuten einer Lokomotive.

Ich glaube nicht, sagte ich, nachdem die Geräusche verklungen waren, daß ich mein Leben wie einen Fehler gelebt habe. Ich war gleichsam ein Pfadfinder. Ich war sehr jung, kaum zwanzig Jahre alt, und ich eroberte die kompliziertesten Wissensgebiete im Sturm. Aber ich war ein politischer Analphabet. Am Anfang einer neuen Ära der Wissenschaft arbeiten meistens Leute, die gar nicht wissen, wie schwierig die Probleme in Wirklichkeit sind. An dieser Stelle meines Vortrags wurde ich durch einen Zwischenruf unterbrochen. 1933, rief ein langhaariger junger Mann aus der Schar meiner Schüler und Studenten, 1933 – den Ordnern, die Anstalten machten, ihn aus dem Saal zu entfernen, gab ich Anweisung, ihn unbehelligt zu lassen –, 1933 haben Sie – der Rest seiner Rede ging in den Protestschreien der empörten Menge unter. Sie sind noch sehr jung, sagte ich, nachdem sich die Erregung unter den Zuhörern allmählich gelegt hatte, Sie sind noch sehr jung, und ich könnte Ihr Vater sein. Aber ich will trotzdem versuchen, Ihre Frage zu beantworten. Es gibt Augenblicke, fuhr ich nach einer kurzen Atempause fort, in denen der Mensch zwischen zwei Abgründen von gleicher Tiefe schwankt und nicht weiß, ob er die Welt oder sich selbst für ein Nichts erklären soll. Da zerbrechen alle Schlüssel, da werden Hamlet und sein Sohn Faust trivial, da sinken die Religionen, aber nicht weniger auch die Philosophien, zu bloßen anthropologischen Momenten des Daseins herab, da weckt alles, was im Unendlichen laut wird, im Individuum einen Gegensatz. Ich hoffe, Ihre Frage ist damit beantwortet. Dort hinten hatte sich noch jemand gemeldet, ja Sie, nein, nicht Sie, Sie dahinten, bitte schön! Die Probleme der Umwelt, sagte ein ehrwürdiger Greis mit schneeweißem Haar, in dem ich meinen alten Naturkundelehrer Dr. Dahinten wiedererkannte, die Probleme der Umwelt rücken immer mehr ins Zentrum des allgemeinen Interesses. Wie beurteilen Sie die Überlebenschancen der Menschheit für die kommenden zehn Jahre?

Sie können gute Fragen stellen, rief ich, aber Sie haben auch eine schwierige Frage gestellt. Das

Wetter ist naß und kalt, und die Ratten haben tiefe Löcher gegraben. Das Rattengift wirkt nicht mehr, und die Löcher zuzustopfen ist sinnlos, denn die Schädlinge fressen sich überall durch. In spätestens zehn Jahren werden die Ratten die Welt beherrschen, denn die radioaktive Strahlung, die für den Menschen tödlich ist, schafft für die Ratten ideale Lebensbedingungen. Ich gab dem Beleuchter ein Zeichen, und der Scheinwerfer schwenkte in eine entfernte Ecke des Saales, wo sich, vom grellen Licht geblendet, eine riesige Ratte aufrichtete, die sich hier an giftigen Chemikalien und atomarem Abfall gütlich tat. Aber keine Sorge, rief ich, während der Scheinwerfer in seine Ausgangsstellung zurückschwenkte – aus der Menge waren Entsetzensschreie zu hören, und die Sanitäter hatten alle Hände voll zu tun, um die vor Schreck in Ohnmacht Gefallenen wegzuschaffen –, aber keine Sorge, es ist alles halb so schlimm. Die Umweltverschmutzung wird nach dem Aussterben der Menschheit ganz von selbst wieder abnehmen, wie namhafte Wissenschaftler in aller Welt beweisen, unter anderen mein verehrter Lehrer Dr. Dahinten. Die kommenden Jahre, fuhr ich fort, nachdem der Beifall für Dr. Dahinten verrauscht war, werden die schwierigsten, die die Menschheit je erlebt hat. Aber im Jahr 2000 haben wir das Schlimmste hinter uns. Und danach wird die Welt ganz anders aussehen – viel schöner!

Ein kleines Mädchen erklomm das Podium, machte einen Knicks und reichte mir einen Blumenstrauß. Neuer Applaus brandete auf, während ich das Mädchen auf den Arm hob und auf beide Backen küßte.

Vergeblich versuchte ich, weitere Ovationen abzuwehren: der Applaus steigerte sich von unterirdischem Beben zu einem frenetischen Orkan, der an den Grundfesten des Hauses zu rütteln schien. Erst jetzt bemerkte ich, daß das, was ich für Beifallskundgebungen gehalten hatte, in Wahrheit Mißfallensäußerungen waren: Eine kleine Gruppe zumeist jugendlicher Demonstranten versuchte durch rhythmisches Fußstampfen, untermischt mit den schrillen Pfiffen einer rangierenden Lokomotive, ihre Unzufriedenheit mit der im Saal herrschenden Ordnung zum Ausdruck zu bringen. Eine Handvoll Rädelsführer schickte sich an, gewaltsam das Podium zu erstürmen, um ihrem Mißfallen handgreiflich Nachdruck zu verleihen. Die Phalanx der Protestierer, nur mühsam zurückgehalten von dem kleinen Häuflein der Saalordner, die mit ineinander verhakten Armen eine Kette bildeten, drängte wie ein Rammbock gegen das Podium und ließ die Pfosten meines Bettes erzittern. Sprechchöre schallten, deren Sinn im allgemeinen Trubel nicht zu verstehen war, Transparente schwankten im Handgemenge auf und nieder, auf denen nur wirre Buchstabenformationen zu erkennen waren, und es war nur noch eine Frage von Sekunden, ehe ich, mitsamt meinem Bett, wie ein Schiffbrüchiger in einem leckgeschlagenen Boot, den tobenden Wogen des Volkszorns ausgeliefert sein würde.

In diesem Augenblick trat eine Hundertschaft berittener Polizei auf den Plan, Scheiben klirrten, ein Schwall eiskalten Wassers ging auf mein Bett nieder, und ein Polizist zu Pferde, der, auf der Jagd nach einem flüchtenden Rädelsführer, ein Fenster durchbrochen hatte, setzte in elegantem Schwung über die Kissen hinweg. Einen Moment lang sah ich den gefleckten Bauch des Pferdes über mir, das Orchester spielte einen Tusch, dann klatschte Pferdemist neben dem Bett nieder, und der Reiter entschwand durch ein gegenüberliegendes Fenster, dessen Flügel krachend auf- und wieder zuschlugen.

Liebe Freunde, rief ich mit beschwörend erhobenen Armen – die Störer waren abgedrängt, das Orchester spielte einen Walzer, die Lokomotive schwieg jetzt –, es handelt sich hier um eine verschwindend kleine radikale Minderheit, die mit allen Mitteln, einschließlich dem der Gewalt, auf sich und ihre anarchistischen Ziele aufmerksam zu machen versucht. Ich hoffe, daß ich meine Rede jetzt ohne Zwischenfälle zu Ende bringen kann.

Dostojewski, fuhr ich fort, nachdem ich mich mit einem Schluck Wasser gestärkt hatte, Dostojewski hat einmal gesagt, eine gute Rede dürfe nicht länger als eine halbe Stunde dauern. In dieser Hinsicht haben Sie von mir nichts zu befürchten: ich habe nämlich nur noch zehn Minuten zu leben. Der Arzt, der mir den Puls hielt, bestätigte durch Kopfnicken die Richtigkeit dieser Angabe.

Als Tolstoj starb, rief ich in die andächtig schweigende Menge hinein, schrieb seine Hand noch. Haller, der große Haller, fühlte, auf dem Sterbebett liegend, seinen eigenen Puls, bis er aussetzte: *Il bat – il bat – il ne bat plus.* Aber ich will Sie nicht mit historischen Exkursen langweilen. Manchmal frage ich mich, ob unser ganzes Leben nicht nur ein Traum ist (Lope de Vega). Ist jener Mensch, der in diesem Augenblick draußen auf der Straße vorbeigeht – ich deutete auf einen Behinderten, der vor dem Fenster im Rollstuhl vorbeifuhr –, nicht nur ein in menschliche Haut eingepackter Roboter (Descartes)? Und jene Katze – ich zeigte auf einen schwarzen Kater, der draußen auf dem Hof spielte –, ist sie nicht ebendieselbe, welche vor dreitausend Jahren, als dieser Teil der Welt noch von Sümpfen und Wäldern bedeckt war, an der nämlichen Stelle die gleichen Sprünge und Schliche vollführte (Schopenhauer)? Vor der Tatsache des Todes wird alles andere unwesentlich (Th. Bernhard). Das Sterben ist eine blutige Angelegenheit, es erfordert ein Sichaufgeben ins Ernste hinein (V. Schklowski). Das Totenhemd hat keine Taschen, von unserem irdischen Besitz nehmen wir nichts mit ins Jenseits (russ. Sprichwort). Aber ich sehe, rief ich nach einem Blick auf die Uhr, daß ich meine Redezeit schon überschritten habe. Dabei habe ich die entscheidenden Fragen noch kaum gestreift.

Als ich von meinem Manuskript aufblickte, sah ich, daß die Menge verschwunden war. Der Saal war leer bis auf einen verspäteten Musiker, der in der Ecke sein Instrument einpackte. Ich wollte ihm etwas zurufen, aber er nahm keinerlei Notiz von mir, klappte den Geigenkasten zu und knipste das Licht aus. In der Dämmerung draußen vor dem Fenster huschte ein Schatten vorüber; es war der Behinderte, der wenige Minuten zuvor an der gleichen Stelle im Rollstuhl vorbeigefahren war; bei meinem Anblick bekreuzigte er sich und fuhr davon. Einen Augenblick glaubte ich, auf seinem Rücken den schwarzen Kater wahrgenommen zu haben, der mich diabolisch durchs Fenster hindurch angrinste; dann wurde es dunkel um mich.

Das ist also das Ende! sagte ich halblaut vor mich hin, aber das ferne Tuten einer Lokomotive belehrte mich eines Besseren. Das Leuchtzifferblatt meiner Uhr zeigte an, daß ich noch zwei Minuten zu leben hatte. Ich lehnte mich seufzend in die Kissen zurück, um mich auf die Ewigkeit vorzubereiten, da bemerkte ich einen schwachen Lichtschein in der Tiefe des Saales. Es war der verspätete Musiker, der sich eine Zigarette anzündete. Sonst war alles still; nur das Knistern der Flamme war zu hören, die den Tabak in Sekundenschnelle zu Asche verwandelte. *Sic transit gloria mundi!*

Ich richtete mich mit letzter Kraft im Bett auf. Wer sind Sie? sagte ich mit ersterbender Stimme, was wollen Sie von mir?

Mein Name tut nichts zur Sache. Ich habe an Ihrem Seminar über Kierkegaard teilgenommen, habe mich aber nicht einmal zu Wort gemeldet. Bei Licht würden Sie mich sicher wiedererkennen.

Sie lügen! Ich habe niemals ein solches Seminar abgehalten. Ich wette, Sie sind gar kein Student, sondern ein professioneller Killer. In Ihrem Geigenkasten bewahren Sie keine Geige auf, sondern eine Kalaschnikow!

Draußen fällt ein Schuß. Der junge Mann geht zum Fenster. Im Dunkeln entspinnt sich zwischen Bett und Fenster der folgende Dialog.

Was ist passiert?

Ein Polizeipferd, das sich ein Bein gebrochen hat. Man gibt ihm den Gnadenschuß.

Was sehen Sie sonst noch?

Der Mond scheint. Ein Sanitätswagen fährt vor. Jemand wird auf einer Bahre abtransportiert.

Hat es Verletzte gegeben?

Ihr Hausarzt, Dr. Krankheit, hat einen Schlaganfall erlitten. Er sieht gar nicht gut aus.

Dr. Krankheits Gesundheitszustand macht mir schon lange Sorgen. Sonst noch etwas?

Die Polizisten verbrüdern sich mit den Demonstranten. Der Papst liegt in den Armen der Königin von E. Ihr Privatsekretär amüsiert sich mit Ihrer geschiedenen Frau. Der Reiseschriftsteller macht Jagd auf Kaninchen.

Was hat der Feuerschein zu bedeuten?

Ihr Nachlaß wird verbrannt. Die Aufsichtsräte vollführen einen Freudentanz.

Nehmen Sie Papier und Bleistift. Ich will die ganze Gesellschaft enterben!

Zu spät. Der Notar schreitet soeben zur Testamentseröffnung. Das Testament ist gefälscht. Ihr Vermögensberater, Dr. Ehrlich, hat sich selbst zum Alleinerben eingesetzt. Der Papst weint, weil er leer ausgeht.

In Wirklichkeit ist er gar kein Papst, sondern ein international gesuchter Hochstapler. Die Königin von E. ist ein Transvestit, und die Aufsichtsräte sind Schwindler.

Die Kritik Ihrer Studenten war also berechtigt!

Inhaltlich ja, der Form nach nein.

Auch in Ihrem Leben gibt es mehrere dunkle Punkte. Was war zum Beispiel 1933?

Ich muß beichten. Holen Sie einen Priester, aber schnell. Ich habe nur noch wenige Sekunden zu leben.

Einen Priester? In Ihrem Seminar haben Sie immer gesagt . . .

Auch Voltaire hat nach dem Priester gerufen, als er auf dem Sterbebett lag. Beeilen Sie sich!

Ich habe keine Zeit. Mein Zug fährt in ein paar Minuten. (In der Ferne tutet eine Lokomotive.)

Dann nehmen Sie mir selbst die Beichte ab.

Ich kann nicht. Sie müssen Ihre Schuld mit ins Grab nehmen.

Haben Sie Mitleid mit einem Sterbenden. In meiner Nachttischschublade liegt ein Revolver, töten Sie mich.

Ich kann kein Blut sehen.

Dann nehmen Sie Ihre bloßen Hände!

Tut mir leid. Ich bin Pazifist. Mir sind die Hände gebunden.

(Der junge Mann beugt sich über mich. Er legt den Kopf auf meine Brust.)

Was hören Sie?

Nichts. Nur das Ticken einer Uhr.

Wie spät ist es?

Fünf nach zwölf.

Auf meiner Uhr ist es noch immer fünf vor zwölf.

Ihre Uhr steht.

In über fünfzig Jahren ist sie nicht einmal stehengeblieben. Ich bin also schon vor zehn Minuten gestorben!

(Der junge Mann drückt mir die Augen zu. Er nimmt meinen Revolver aus der Nachttischschublade. Sogar meine goldene Uhr muß ich herausgeben. Irgendwo pfeift eine Lokomotive. Das ist meine letzte Erinnerung.)

Das Fetterman-Massaker
Eine amerikanische Legende

Am 22. Dezember 1866 morgens um halb elf stürmte Captain William J. Fetterman, der Sohn des Senators Henry H. Fetterman, der nach Abschluß seiner Offiziersausbildung in Westpoint, Virginia, auf eigenen Wunsch in den fernen Westen versetzt worden war, ins Büro des Kommandanten von Fort Kearny, Colonel Carrington, und meldete, nachdem er vorschriftsmäßig Haltung angenommen hatte: »Geben Sie mir achtzig zuverlässige Männer, Colonel Carrington, und ich werde Rote Wolke eine Lektion erteilen, die er und seine Leute niemals vergessen sollen. Noch nach hundert Jahren wird der Name Fetterman an den Lagerfeuern der Sioux mit Furcht und Respekt genannt werden!« Colonel Carrington, der Erbauer von Fort Kearny, der an Jahren der Vater des ungestümen jungen Offiziers hätte sein können, lehnte sich in seinem Lehnstuhl zurück und konnte den Anflug eines Lächelns nicht unterdrücken: »Mein lieber Fetterman«, sagte er, während er dem Hauptmann mit einer Kopfbewegung einen bequemen Stuhl zuwies, »Sie wissen nicht, wovon Sie reden. Rote Wolke ist ein nicht zu unterschätzender Gegner, und seine Krieger können es an Kampfgeist mit jeder disziplinierten Armee aufnehmen. Wenn ich Ihnen, wie Sie sagen, achtzig Mann geben würde, um den Rothäuten eine Lektion zu erteilen, würde ich Sie damit in den sicheren Tod schicken und das Leben meiner Soldaten unnütz gefährden. Warten Sie noch ein paar Monate, bis Sie sich mit der Kampfesweise der Indianer vertraut gemacht haben und bis die aus Fort Laramie angeforderte Verstärkung eingetroffen ist, dann werden Sie reichlich Gelegenheit haben, Ihre Bravour unter Beweis zu stellen!«

»Ganz recht, Sir«, sagte eine hagere Gestalt, die, auf eine langläufige Flinte gestützt, vom Fenster aus stumm dem Gespräch zugehört hatte – das wettergegerbte Gesicht mit den durchdringenden grauen Augen, die lebhaft unter einer mit einem Waschbärschwanz verzierten Pelzmütze hervorblitzten, deutete auf einen ortskundigen Trapper hin, der als Kundschafter bei der Armee Dienst tat –, »ganz recht, Sir, die Indsmänner sind immer dann am gefährlichsten, wenn man nichts von ihnen sieht« –, und er wies durch das mit Eisblumen beschlagene Fenster nach draußen, wo die schneebedeckte Prärie in tiefster Einsamkeit dalag; nur auf den Kämmen der umliegenden Hügel, die mit dunklen Tannenwäldern bestanden waren, konnte ein geschultes Auge eine schattenhafte Bewegung wahrnehmen.

»Ihr mögt recht haben, Jim«, meinte Fetterman, indem er sich an den Kundschafter wandte, »aber

Ihr habt mein neues Repetiergewehr noch nicht in Aktion gesehen. Schaut her!« Fetterman zog eine fabrikneue Winchester aus dem Halfter, legte an und schoß zwölfmal hintereinander ohne abzusetzen durch die spaltoffene Tür, so schnell, daß es wie ein einziger Schuß klang, dessen Echo grollend über die Prärie lief und an einem entfernten Hügel eine Lawine auslöste, die einen kleinen Bautrupp, der hier am Waldrand Holz schlug, um ein Haar verschüttet hätte; im letzten Augenblick konnten sich die Männer durch einen Sprung zur Seite in Sicherheit bringen. »Mit dieser Büchse könnte ich den ganzen Stamm der Sioux ins Jenseits befördern«, meinte Fetterman triumphierend, während er die Waffe wieder in ihrem Futteral verstaute. »Mag schon sein, Sir«, brummte der Trapper, der seine Pelzmütze abgenommen hatte und sich nachdenklich an seinem kahlen Schädel kratzte, »aber mir wird ungemütlich bei dem Gedanken, daß solch ein gefährliches Spielzeug den Indsmännern in die Hände fallen könnte.« »Keine Sorge, Mister Bridger«, meinte Fetterman, »ich würde eher sterben, als dieses Gewehr einer schmutzigen Rothaut zu überlassen. In vier Wochen kehre ich nach Boston zurück, aber vorher will ich mir Rote Wolkes Skalp holen, um ihn meiner Mutter in Boston als Souvenir mitzubringen!«

»Genug geschwatzt, meine Herren«, sagte der Colonel, indem er sich aus seinem Lehnstuhl erhob, »wir haben Wichtigeres zu tun. Sorgen Sie dafür, James«, meinte er, zu dem Kundschafter gewandt, »daß der Schnee sich nicht allzu hoch an den Palisaden auftürmt, damit wir in der Nacht keinen unliebsamen Besuch bekommen, und Sie, Fetterman, möchte ich bitten, Ihre Schießübungen vorläufig einzustellen. Wir müssen Munition sparen. Wenn erst die Verstärkung aus Fort Laramie eingetroffen sein wird, haben wir für Sie und Ihre Flinte noch genug Verwendung.«

Nachdem die beiden Besucher gegangen waren, zündete sich der Colonel eine Zigarre an und ging mit hinter dem Rücken verschränkten Händen in seinem schmalen Büro auf und ab, wobei er jedesmal, wenn er an dem über seinem Schreibtisch hängenden Porträt des Präsidenten vorbeikam, nervöse Rauchwolken paffte, die, wie die Rauchzeichen der Indianer, eine chiffrierte Botschaft zu enthalten schienen. In den letzten Wochen hatte er zwei Dutzend seiner besten Männer verloren; kaum ein Tag verging, ohne daß die Bautrupps, die er in die umliegenden Wälder schickte, um Holz zu schlagen, aus dem Hinterhalt heraus angegriffen wurden; Meldungen wie »Gefreiter Haggerty schwer verwundet« oder »Sergeant Miller im Kampf gefallen« gehörten schon zur täglichen Routine. Erst am Vortag war James Glover, ein Reporter des Boston Globe, der in den Westen gekommen war, um eine Artikelserie über die neuerrichteten Forts an der Grenze zu schreiben, in unmittelbarer Nähe des Forts skalpiert aufgefunden worden; zu allem Überfluß war auch noch die Telegrafenverbindung nach Fort Laramie unterbrochen.

Häuptling Rote Wolke schickte sich an, die Drohung wahrzumachen, die er bei den gescheiterten Friedensverhandlungen in Fort Laramie dem Vertreter der Regierung, General Sherman, entgegengeschleudert hatte: alle Bleichgesichter zu töten, die die Sioux in ihren Jagdgründen westlich des Pulverflusses und südlich der Bighornberge antreffen würden. Trotz dieser unmißverständlichen Drohung hatte Sherman Colonel Carrington beauftragt, ein neues Fort südlich der Bighornberge zu errichten, um die Sicherheit der Siedler zu garantieren, die im Sommer entlang dem Bozeman-Trail nach Westen zogen. Die endlosen Wagenkolonnen, die von März bis September die Jagdgründe der Sioux durchquerten, brachten nicht nur weiße Siedler nach Oregon und Kalifornien; in ihrem Gefolge kamen unbekannte Krankheiten, Feuerwasser und automatische Gewehre, die die Indianer und ihre Existenzgrundlage, den Büffel, vernichteten.

Solche Gedanken gingen Colonel Carrington durch den Kopf, während er ans Fenster trat und nach dem kleinen Bautrupp Ausschau hielt, den er vor zwei Stunden in die umliegenden Wälder geschickt hatte, um Weihnachtsbäume zu fällen. Im gleichen Augenblick waren aus der Ferne mehrere Schüsse zu hören, die durch schwaches Gewehrfeuer erwidert wurden. Kurz darauf trat der wachhabende Offizier, Leutnant Drummond, ins Zimmer und meldete, mühsam den aufgescheuchten Atem unterdrückend: »Bautrupp 245 beim Holzfällen von Indianern angegriffen!« Wie aus seinem in der Aufregung mehr gestammelten als gesprochenen Bericht zu entnehmen war, hatte eine Übermacht feindlicher Sioux den kleinen Bautrupp am Fuß eines Hügels überfallen, als er gerade im Begriff war, sich aus der durch Fettermans Schüsse ausgelösten Lawine zu befreien; die Lage der Männer wurde dadurch erschwert, daß viele von ihnen bis zu den Hüften im Schnee staken und nur über einen begrenzten Vorrat an Munition verfügten. »Nehmen Sie vierzig Freiwillige und eilen Sie den Männern zu Hilfe«, sagte Colonel Carrington zu dem wachhabenden Offizier, aber lassen Sie sich nicht in einen Hinterhalt locken. Ich befehle Ihnen, nach Beendigung Ihrer Mission auf dem schnellsten Weg ins Fort zurückzukehren!« Leutnant Drummond salutierte und machte auf dem Absatz kehrt, um dem Befehl seines Vorgesetzten Folge zu leisten, da stieß er in der Tür mit Captain Fetterman zusammen, der das Gespräch von draußen belauscht hatte. »Verzeihung, Sir«, rief

Fetterman mit sich überschlagender Stimme, wobei er sich vor Aufregung in seinem Offiziersdegen verhedderte, »aber mein höherer Dienstgrad macht es mir zur Pflicht, in diesem Fall das Kommando zu übernehmen. Falls Sie mir den Befehl über die Freiwilligenkompanie verweigern, würde ich dies als unbegründetes Mißtrauen und als Beleidigung meiner soldatischen Ehre empfinden, wofür ich von Ihnen persönlich Genugtuung fordern müßte. Außerdem würden Sie damit gegen die Dienstvorschrift verstoßen. Also was ist, Colonel, übertragen Sie mir das Kommando?«

»Meinetwegen«, sagte Colonel Carrington und wischte sich mit einem Taschentuch den Schweiß von der Stirn, »aber ich mache Sie darauf aufmerksam, daß Sie sich strikt an meine Befehle zu halten haben. Eilen Sie den eingeschlossenen Männern zu Hilfe; verfolgen Sie unter keinen Umständen die Wilden in die umliegenden Wälder; nach Erledigung Ihres Auftrags kehren Sie unverzüglich ins Fort zurück. Ist das klar, Fetterman?« »Jawohl Sir«, sagte Captain Fetterman und nahm mit klirrenden Sporen Haltung an. »Ich danke Ihnen für das in mich gesetzte Vertrauen und beglückwünsche Sie zu Ihrer Entscheidung. Die Rothäute werden den Tag verfluchen, an dem sich Captain Fetterman an ihre Fersen heftete. Yippee!« Und mit einem donnernden Kriegsruf, der die Wände des Blockhauses erzittern ließ, stürmte Fetterman nach draußen, um seine Truppen in Marsch zu setzen.

»Ich fürchte Colonel, Sie werden Ihre Entscheidung noch bereuen«, sagte der alte Kundschafter, der schweigend der Auseinandersetzung gefolgt war. »Dieses Greenhorn läuft wie ein Präriehuhn in die Falle. Mein Skalp juckt, und das bedeutet, daß entweder ein Blizzard bevorsteht, oder daß Rote Wolke es auf meine letzten grauen Haare abgesehen hat!« »Sie haben recht, Bridger«, meinte Colonel Carrington nachdenklich, »ich muß Captain Fetterman den Befehl über meine Soldaten entziehen, bevor es zu spät ist. Dieser Heißsporn führt meine Männer ins sichere Verderben. Brechen Sie sofort auf und veranlassen Sie Fetterman, unverzüglich ins Fort zurückzukehren. Hier ist ein schriftlicher Befehl. Und«, fügte der Colonel nach einer Pause leiser werdend hinzu, »nehmen Sie Doktor Hines mit; ich fürchte, die Männer könnten einen Wundarzt bitter nötig haben.«

Der Trapper steckte den handgeschriebenen Befehl in seinen Brustbeutel, schulterte die langläufige Flinte und verließ wortlos den Raum; im Hinausgehen spuckte er einen Pfriem, den er seit dem Frühstück im Munde gewälzt hatte, in hohem Bogen in den Spucknapf des Kommandanten. Colonel Carrington verfluchte im Stillen die Stunde, da er der Mutter von Captain Fetterman, einer Jugendfreundin seiner verstorbenen Frau, das leichtsinnige Versprechen gegeben hatte, ihren Sohn nach Absolvierung der Militärakademie als Stabsoffizier in Fort Kearny zu verwenden. Dann stieg er, von plötzlicher Unruhe gepackt, die Treppe hinauf zu einer aus Holz gezimmerten Aussichtsplattform, um persönlich über die Ausführung seines Befehls zu wachen.

Mit einem Blick sah er, daß Captain Fetterman anstelle der ihm zugesagten vierzig Mann achtzig bis an die Zähne bewaffnete Soldaten mit allen verfügbaren Pferden gegen den Feind in Marsch gesetzt und damit das Fort fast von seiner gesamten Besatzung entblößt hatte; nur Frauen und Kinder, Kranke und Verwundete waren innerhalb der Palisaden zurückgeblieben. Eben verließen der Trapper und der Doktor, zu zweit auf einem klapprigen Maultier sitzend, das Fort, während ein einarmiger Trompeter, der einsam am Eingangstor Wache hielt, einen mißtönenden Salut blies. Mit Hilfe seines Feldstechers konnte der Colonel die Bajonette von Fettermans Soldaten im Sonnenlicht blitzen sehen, die in diesem Augenblick hinter einem mehrere Meilen entfernten Präriehügel verschwanden. Dann waren vereinzelte Schüsse zu hören, die sich rasch zu einem immer heftiger werdenden Schußwechsel steigerten; deutlich waren die rhythmischen Salven aus Fettermans Repetiergewehr von dem allgemeinen Schlachtenlärm zu unterscheiden; sie folgten so dicht aufeinander, daß jede Salve wie ein einziger Schuß klang, der als rollender Donner über die Prärie lief und von den umliegenden Hügeln zurückgeworfen wurde. Das ganze kann höchstens zehn Minuten gedauert haben; dann herrschte, wie auf ein verabredetes Signal hin, plötzlich Totenstille, die nur von dem Knattern der Fahne unterbrochen wurde, welche hoch über dem Fortkommandanten im eiskalten Wind flatterte.

Inzwischen hatten auch der Kundschafter und der Doktor, nach einem beschwerlichen Ritt, in dessen Verlauf sie mehrmals absteigen und ihr Maultier mit Flüchen und Schlägen zur Eile antreiben mußten, den nächsten Hügelkamm erreicht, von dem aus sie die umliegende Prärie überschauen konnten. Vor ihnen öffnete sich ein tiefverschneites Tal, das von nebelverhangenen Tannenwäldern begrenzt wurde, deren Silhouette sich düster vor dem klaren Dezemberhimmel abzeichnete. Die Mittagssonne hatte ihren höchsten Punkt erreicht und ließ die weiße Schneefläche wie Silber glänzen. Soweit das Auge reichte, war das Tal von Indianern erfüllt – Bridger schätzte ihre Zahl auf ein- bis zweitausend –, die auf ihren buntgescheckten Mustangs wie Moskitos nach allen Richtungen hin ausschwärmten und die beiden Kundschafter in gebrochenem Englisch zum Angriff aufforderten; ihre kurzen, spitzen Schreie gellten schmerzhaft in den Ohren der Männer. Von

Fetterman und seinen Soldaten war keine Spur zu sehen; nur am Fuße eines kleinen Felsens, den die Wilden in dichten Trauben belagerten, blitzte ein Gewehrlauf oder ein Bajonett in der Sonne.

»Sieht ganz so aus, als ob Fetterman sich mit seiner Streitmacht in die Wälder zurückgezogen hat«, meinte der Doktor optimistisch; »war auch das klügste, was er unter diesen Umständen hätte tun können«, aber der Trapper schüttelte ungläubig den Kopf und murmelte einen lautlosen Fluch in seinen mit Eiskristallen übersäten Bart. Dann wies er den Doktor an, hinter einer Schneeverwehung in Deckung zu gehen, und trabte auf dem Maultier ins Fort zurück, in dessen Innenhof ihn Colonel Carrington bereits unruhig auf- und abschreitend erwartete. »Nun, wie geht es Captain Fetterman und seinen Leuten«, fragte der Colonel mit sorgenvoll zerfurchtem Gesicht, »ich hoffe, sie sind alle wohlauf?«

»Ich brauche alle verfügbaren Männer und eine geladene Haubitze«, sagte der Kundschafter, ohne auf die Frage des Colonels einzugehen, während er sich den gefrorenen Schnee von seinem Fellmantel klopfte. »Wir müssen Rote Wolke eine imponierende Streitmacht entgegenschicken, um ihn über unsere wirkliche Stärke im unklaren zu lassen, sonst wird keiner in diesem Fort mehr den Anbruch des morgigen Tages erleben.« In diesem Augenblick lief Mark Fetterman jr., der vierjährige

Sohn des gleichnamigen Offiziers, gefolgt von seiner jungen Mutter, über den Hof und klammerte sich angstvoll an die hirschledernen Leggins, die anstelle von Stiefeln die Beine des Kundschafters bedeckten. »Hat Rote Wolke meinen Vater skalpiert«, rief er mit durchdringender Stimme, so als handle es sich um ein freudiges Ereignis, »müssen wir jetzt alle sterben?« »Keine Angst, mein Sohn«, sagte der Trapper und hob den Jungen auf den Arm, »der alte Jim Bridger wird es nicht zulassen, daß dir oder deiner Mutter ein Haar gekrümmt wird, auch wenn er Rote Wolke dafür seinen eigenen Skalp als Pfand überläßt« – und er gab den Jungen an seine Mutter weiter, die bei den Worten des Kundschafters blaß geworden war; dann wandte er sich grußlos ab, wobei der eiskalte Wind ihm Tränen in die Augen trieb.

Unterdessen hatte Colonel Carrington Alarm schlagen und zum Sammeln blasen lassen. Alle noch im Fort befindlichen Soldaten mußten zum Appell antreten. Die Arrestzellen wurden aufgeschlossen, die Tore der Krankenspitäler geöffnet; müde und bleich, mit ausgemergelten Gesichtern, die schwärenden Wunden mit Lappen umwickelt, wankten sie ins Freie: Diebe und Mörder neben disziplinlosen Soldaten, die einen Befehl verweigert oder gegen ihre Vorgesetzten rebelliert hatten; ein auf frischer Tat ertappter Spion neben einem milchgesichtigen Rekruten, der das Wecken verschlafen hatte; ein betrunkener Stallbursche, der schwankend salutierte, neben einem Siouxindianer, der auch in der Gefangenschaft seine stolze Haltung nicht verleugnen konnte – zur Abschrekkung für seine Stammgenossen ließ der Colonel ihn weithin sichtbar am Fahnenmast aufknüpfen; Verletzte, aus deren frischen Wunden das Blut in den Schnee tropfte, neben Kranken, die sich aus eigener Kraft nicht mehr auf den Beinen halten konnten; dazwischen ein Simulant, der sich aus Feigheit hatte krankschreiben lassen und jetzt an der frischen Luft seine Lebensgeister wiederentdeckte.

Der Kommandant verteilte die letzten im Fort verbliebenen Gewehre an die Männer, wertlose alte Flinten aus dem Bürgerkrieg, mit denen man, selbst wenn ausreichend Munition vorhanden gewesen wäre, keinen gezielten Schuß mehr hätte abgeben können; gleichzeitig instruierte er seine Soldaten, von denen jeweils nur zwei oder drei über ein gemeinsames Gewehr verfügten, ihre Waffen zur Abschreckung des Feindes weithin sichtbar in die Luft zu halten. Dann wurde die Haubitze mit Pulver geladen und hinter das Maultier gespannt, während Colonel Carrington auf den Schultern von James Bridger Platz nahm, um so hoch zu Roß seinen Truppen voranzureiten. Von dumpfem Trommelwirbel begleitet, verließ das letzte Aufgebot das Fort, eher einem Trauerzug ähnlich als einer militärischen Streitmacht, die ausrückte, um einen überlegenen Gegner in die Flucht zu schlagen.

Als die Soldaten erschöpft und durchfroren den nächsten Hügelkamm erreichten, hatten sich die Indianer bereits in die umliegenden Wälder zurückgezogen; nur ein paar wagemutige Krieger zeigten sich am Waldrand und forderten die Männer mit obszönen Gesten auf, ihre Verfolgung aufzunehmen. Als der Kommandant zur Warnung die Haubitze abfeuern ließ, zogen sie sich in den Schutz der Wälder zurück. Nachdem er sich mit Hilfe seines Feldstechers davon überzeugt hatte, daß die Indianer keinen Überraschungsangriff aus dem Hinterhalt heraus planten, befahl Colonel Carrington seinen Soldaten, in geschlossener Formation in das Tal hinabzumarschieren, wobei der Kundschafter, der jeden Winkel des Geländes wie seine Westentasche kannte, als Vorhut vorausritt; der Colonel folgte seiner Truppe in einigem Abstand mit gespannter Büchse, um ihren Vormarsch zu decken und ihr, wenn nötig, Feuerschutz zu gewähren.

Am Fuß des Hügels stieß der Kundschafter auf den schwer verletzten Doktor, der nur noch schwache Lebenszeichen von sich gab; die Indianer hatten ihn bei lebendigem Leib skalpiert und nackt in der Kälte zurückgelassen. Der mit letzter Kraft gehauchten Bitte des Sterbenden, seinem Leiden mit einem gezielten Schuß ein Ende zu setzen, durfte der Trapper auf Geheiß des Kommandanten nicht entsprechen, da jede Kugel für die Vernichtung des Gegners gebraucht wurde; statt dessen gab er ihm aus seiner Feldflasche einen Schluck Branntwein zu trinken, der die Todesqualen des Doktors unnötig verlängerte.

Inzwischen hatte Colonel Carrington neue Hoffnung geschöpft, da außer zahlreichen kreuz und quer laufenden Hufspuren noch kein Indiz für den Verbleib von Fettermans Mannschaft gefunden worden war; wahrscheinlich hatten sich die Soldaten hinter einem am tiefsten Punkt des Tales gelegenen Felsen verschanzt, der eine ausgezeichnete Deckung abgab, um in wenigen Augenblicken aus ihrem Versteck hervorzubrechen und mit einem donnernden »Hurra!« ihre Kameraden zu begrüßen. Wer beschreibt jedoch das Entsetzen des Kommandanten, als er im Näherkommen entdeckte, daß das, was er aus der Ferne für Felsen gehalten hatte, in Wahrheit übereinandergehäufte Pferdekadaver waren, die einen künstlichen Befestigungswall bildeten, hinter dem Captain Fetterman und seine Männer sich verschanzt hatten, um den Angreifern bis zum letzten Blutstropfen Widerstand zu leisten. Im Innern dieses Verteidigungsringes lagen die gefallenen Soldaten kreuz und quer durcheinander, so wie der Tod sie getroffen hatte. Die Leichen waren nackt und bis zur Unkenntlichkeit verstümmelt; ihre Identifizierung erwies sich als äußerst schwierig, da die Indianer ihre Opfer zuerst skalpiert und ihnen dann Ohren und Nasen abgeschnitten hatten, um sie als Trophäen in ihr Lager mitzunehmen.

Der Leichnam von Captain Fetterman lag etwas abseits vom Gros der Soldaten, neben seinem getöteten Pferd, dessen Kopf in Richtung auf das Fort zeigte; er schien einen letzten, verzweifelten Ausbruchsversuch unternommen zu haben; sein Körper war von mehreren Dutzend Pfeilen durchbohrt. An der Menge leerer Patronenhülsen, die sich rings um den Gefallenen häuften, ließ sich ablesen, daß er sein Leben so teuer wie möglich verkauft hatte, bevor er sich mit der letzten Kugel selbst richtete. Der Schnee war in einem Umkreis von fünfzig Yards blutrot gefärbt; über die Verluste der Angreifer ließen sich jedoch keine genauen Angaben machen, da die Sioux, nach Art der Indianer, ihre Toten zur Bestattung mitgenommen hatten.

»Dies ist das schlimmste Massaker in der Geschichte der Indianerkriege«, meinte der Colonel mit belegter Stimme, nachdem er das Schlachtfeld provisorisch inspiziert hatte, »wenn Captain Fetterman meine Befehle genau befolgt hätte, wäre die Niederlage vermeidbar gewesen.« Selbst dem Kundschafter, der in dieser Hinsicht manches gewohnt war, stand angesichts der übel zugerichteten Leichen das Wasser in den Augen. »Ist das nicht Leutnant Drummond?« fragte er, indem er sich niederbeugte, um die Überreste eines gefallenen Offiziers näher zu untersuchen. »Kein Zweifel«, meinte er dann, nachdem er den Toten anhand seines Siegelringes zweifelsfrei identifiziert hatte; und er wandte sich seitwärts, um seinen Tränen freien Lauf zu lassen.

Der Colonel befahl, die Toten auf Karren zu laden und ins Fort zurückzuschaffen. Die Schatten waren länger geworden, und es war Eile geboten, um einem Überraschungsangriff der Indianer auf das unverteidigte Fort zuvorzukommen, in dem nur Frauen und Kinder zurückgeblieben waren. Ohne zu murren machten sich die Männer an die Arbeit; manch einen jedoch verließen beim Anblick des verstümmelten Leichnams eines Freundes oder Kameraden die Kräfte. Aus Mangel an Pferden mußten die ausgemergelten Soldaten als Zugtiere vor die Karren gespannt werden, die mit ihrer schweren Last immer wieder im knietiefen Schnee steckenblieben.

Obwohl sie einem Angriff kaum mehr Widerstand hätten entgegensetzen können, zeigte sich während des Rückmarsches kein einziger Indianer; statt dessen war aus der Tiefe der Tannenwälder dumpfes Trommeln zu hören, mit dem die Sioux ihren Sieg feierten.

Kurz vor Einbruch der Dunkelheit, während die untergehende Sonne die schneebedeckte Prärie in blutrotes Licht tauchte, erreichte der Leichenzug das Fort. Frauen und Kinder rannten den quietschenden Karren entgegen und warfen sich laut schreiend über die Toten, die im Innenhof des Forts aufgebahrt und mit Planen zugedeckt wurden. Die Witwe von Captain Fetterman versuchte, an der noch warmen Leiche ihres Gatten, sich selbst zu entleiben, und mußte von Colonel Carrington mit vorgehaltener Pistole zur Vernunft gebracht werden; ihr vierjähriger Sohn Mark rannte, nur mit einem Holzschwert bewaffnet, in die nachtdunkle Prärie hinaus, um den Tod seines Vaters zu rächen, und wurde erst nach Stunden halberfroren aufgefunden.

Hungrige Präriewölfe, die durch den Geruch des frischen Blutes angelockt waren, umstrichen die ganze Nacht hindurch heulend das Fort. Der Kommandant ließ die Wachen auf den Palisaden verdoppeln; Frauen und Kinder wurden ins Pulvermagazin eingeschlossen, wo sie eng aneinandergedrängt singend und betend die Nacht durchwachten, bereit, sich bei der ersten Annäherung des Feindes selbst in die Luft zu sprengen.

Im Laufe der Nacht erhob sich ein heftiger Blizzard, der den Schnee meterhoch gegen die Palisaden türmte; die zu Tode erschöpften Männer, die sich kaum noch aus eigener Kraft auf den Beinen halten konnten, mußten bei schneidender Kälte, in tiefster Dunkelheit, die Schneemassen von der Umzäunung schaufeln, um die Indianer am Eindringen in das Fort zu hindern.

Um Mitternacht, als der Schneesturm am heftigsten tobte und man keine Handbreit mehr vor Augen sah, verließ James Bridger auf seinem Maultier das Fort, um die Nachricht von Fettermans Niederlage nach Fort Laramie zu überbringen. Sein Ritt über eine Entfernung von 236 Meilen, bei Temperaturen von minus vierzig Grad Fahrenheit, ist in die Annalen der amerikanischen Geschichte eingegangen; der zwölfstündige Ritt, mit dem Paul Revere General Washington vor den anrückenden Briten warnte, war nur ein Sonntagsspaziergang dagegen. Der Kundschafter saß 48 Stunden lang ohne Unterbrechung im Sattel, verfolgt von hungrigen Präriewölfen und blutrünstigen Indianern, mit nichts als geschmolzenem Schnee und hartgefrorenen Biskuits als Nahrung, die er brüderlich mit seinem Muli teilte.

Als James Bridger am Abend des 24. Fort Laramie erreichte, war General Sherman gerade im Begriff, zusammen mit den Offizieren der Garnison Weihnachten zu feiern. Beim Anblick des in einen Eismantel gehüllten Trappers, der auf seinem Maultier durch den festlich geschmückten Ballsaal trabte, fielen die Damen der anwesenden Offiziere reihenweise in Ohnmacht: die einen hielten ihn für eine Geistererscheinung, die andern für einen Grizzlybär, den Hunger und Kälte ins Fort getrieben hatten. Mit ersterbender Stimme überbrachte der Kundschafter dem General die verhängnisvolle Nachricht, während sein Maultier tot unter ihm zusammenbrach; dann verließen ihn die Kräfte und er stürzte ohnmächtig zu Boden. Mit Hilfe der Damen, die ihm heißen Punsch einflößten, wurden die Lebensgeister des Trappers rasch wieder geweckt; der General zeichnete ihn für seinen mutigen Ritt mit einem passenden Orden aus. Nach einer militärgerichtlichen Untersuchung, die sich durch viele Instanzen über mehrere Jahre hinzog, wurde Colonel Carrington von aller Verantwortung für das Massaker freigesprochen und, rechtzeitig vor seiner Pensionierung, noch zum General befördert; er heiratete die Witwe von Captain Fetterman, deren inzwischen erwachsen gewordenen Sohn Mark er adoptierte. Im Jahre 1908, im Alter von 86 Jahren, reiste der greise General von seinem Wohnsitz in Massachusetts ins ferne Wyoming, um auf dem Gelände des ehemaligen Forts ein Sandsteinmonument zum Gedenken an die Märtyrer von 1866 zu enthüllen. Häuptling Rote Wolke, der als halbblinder Greis in einem nahegelegenen Sioux-Reservat lebte, konnte aus Alters- und Gesundheitsgründen an der Einweihungszeremonie leider nicht teilnehmen, obwohl es ihm, wie er ausrichten ließ, ein

Vergnügen gewesen wäre, zusammen mit seinem einstigen Feind die Friedenspfeife zu rauchen. An der Stelle, wo einst die Rothäute Fettermans Soldaten skalpierten, donnern heute bei Tag und Nacht Lastwagen über einen sechsspurigen Highway. Auf den umliegenden Feldern finden die Farmer beim Pflügen zuweilen Pfeilspitzen und verrostete Uniformknöpfe, und vom Hubschrauber aus sind die Umrisse von Fort Kearny auch heute noch deutlich zu erkennen.

Am Tag als der Rote Khmer kam

1

Bei der Einnahme unserer Stadt durch die Truppen des Roten Khmer kamen, nach Schätzungen von Augenzeugen, hundert- bis zweihunderttausend Menschen ums Leben. Auswärtige Beobachter halten diese Zahlen für maßlos übertrieben und sprechen von zehn- oder höchstens zwanzigtausend Toten; alle übrigen als tot gemeldeten Personen seien bei der auf die Einnahme der Stadt folgenden Umsiedlungsaktion vermißt oder verschollen. Dem Roten Khmer nahestehende Kreise bezeichnen auch diese eher vorsichtigen Schätzungen als freche Lüge und böswillige Propaganda khmerfeindlicher Cliquen, die in ihrem pathologischen Haß auf die unbestreitbaren Erfolge des Roten Khmer vor keiner noch so absurden Entstellung und Verzerrung der Wahrheit zurückschreckten: In Wirklichkeit habe es überhaupt keine Toten und auch keinerlei Umsiedlungsaktion gegeben, obwohl doch die Salven der Erschießungskommandos, die an den ersten Tagen der Okkupation rund um die Uhr arbeiteten, sowie die grauen Kolonnen der Deportierten den Überlebenden noch heute deutlich vor Augen stehen bzw. in den Ohren klingen.

Die Wahrheit läßt sich nicht mehr zweifelsfrei feststellen; genaue Zahlenangaben sind nicht erhältlich; das neue, von der Besatzungsmacht eingesetzte Regime hüllt sich in Schweigen und hält es nicht einmal für nötig, den wildesten im Ausland ins Kraut schießenden Spekulationen entgegenzutreten: In gewissen Presseorganen ist bereits von mehreren Millionen Toten die Rede, obwohl doch jedermann weiß, daß die Bevölkerung unserer Stadt kaum die Millionengrenze überschreitet. Statistiken oder amtliche Unterlagen sind nicht verfügbar; die zuständigen Behörden sind geschlossen, ihre Beamten liquidiert oder aufs Land umgesiedelt. Kenner der Khmerszene schließen jedoch aus der Tatsache, daß ein Sprecher der neuen Regierung am Rande der Internationalen Rohstoffkonferenz in Genf die Eliminierung einiger unverbesserlicher Elemente zugab, die aufgrund ihrer bürgerlichen Herkunft für die Umerziehungslager nicht mehr in Frage gekommen seien, auf eine vorsichtige Distanzierung des Roten Khmer von seinen übereifrigen Sympathisanten, die die Existenz von Lagern überhaupt abstreiten und dadurch der Khmer-Sache mehr Schaden als Nutzen zugefügt haben; einige von ihnen, zumeist Schüler und Studenten, die sich in den ersten Tagen der Okkupation dem Roten Khmer als freiwillige Helfer angedient haben, sollen ihren jugendlichen Übereifer inzwischen mit dem Leben bezahlt haben. Der bekannte Khmer-Spezialist Professor N. dagegen, den seine Studenten als Reaktionär denunzierten und der daraufhin spurlos verschwand – man rechnete allgemein mit seiner erfolgten Hinrichtung –, soll dem Vernehmen nach von den neuen Machthabern mit der Leitung des Propagandaministeriums beauftragt worden sein, wo er aufgrund der totalen Nachrichtensperre, die der Rote Khmer über unser Land verhängt hat, allerdings wenig Arbeit finden dürfte.

Über Ursprung und Verlauf der Okkupation sind die widersprüchlichsten Gerüchte im Umlauf. Die einen sagen, die Truppen des Roten Khmer hätten den gesamten eurasischen Kontinent überrollt; ihr Vormarsch sei aus unbekannten Gründen, vielleicht wegen mangelnden Nachschubs, erst in unserer Stadt zum Stillstand gekommen. In den westlichen Vororten werde heftig gekämpft; von Zeit zu Zeit sei von dort Gefechtslärm zu hören, der allerdings im Stadtzentrum nur noch als schwaches Grollen zu vernehmen sei; unsere Armee habe dem Roten Khmer empfindliche Verluste zugefügt, sein Rückzug scheine unmittelbar bevorzustehen. Andere behaupten, der aus den westlichen Vororten herüberdringende Lärm werde durch stehende Gewitter verursacht, wie sie jetzt in der feuchtheißen Jahreszeit häufig vorkämen; vielleicht handle es sich auch um Manöver oder

Geiselerschießungen: Von einem Rückzug des Roten Khmer könne jedoch keine Rede sein. Seine Soldaten seien nicht erst gestern gekommen, sondern schon vor Jahren, als Gastarbeiter und Austauschstudenten getarnt, in unsere Stadt eingesikkert und hätten im Untergrund eine schlagkräftige Fünfte Kolonne aufgebaut, um dann am Tag X, auf ein vorher verabredetes Signal hin, loszuschlagen: Auf diese Weise hätten sie, unbemerkt von den Großmächten, ganz Eurasien und Teile von Afrika und Lateinamerika unter ihre Kontrolle gebracht. Einer anderen, ebenfalls weitverbreiteten Meinung zufolge handelt es sich bei den Truppen des Roten Khmer gar nicht um ausländische Invasoren, sondern um einheimische Extremisten und Radikale jedweder Couleur, die sich, zur Verschleierung ihrer wahren Absichten, die Gesichter dunkel gefärbt und mit Filzhüten getarnt hätten. Hier räche sich der jahrelang praktizierte Klein- und Langmut der Behörden im Umgang mit staatsverdrossenen Intellektuellen, die unbemerkt in höchste Staatsämter hätten aufsteigen können; unser gesamtes Staatswesen sei durchlöchert wie ein Schweizer Käse, und man brauche sich nicht darüber zu wundern, wenn es, bei fortschreitender Fäulnis und Zersetzung, die entsprechenden Maden und Würmer produziere, die sich nunmehr anschickten, den Käse oder vielmehr das, was von ihm übriggeblieben sei, aufzufressen: Alles in allem hätten wir es nicht besser verdient. Einer letzten Version zufolge wird behauptet, der Einmarsch des Roten Khmer sei kein Menschenwerk, sondern die Strafe Gottes für den herrschenden Unglauben und die immer weiter um sich greifende Unmoral; die Soldaten des Roten Khmer seien außerirdische Wesen, die nur vorübergehend menschliche Gestalt angenommen hätten: Vieles an ihnen deute auf eine Herkunft außerhalb unseres Sonnensystems hin, vielleicht im Sternbild der Vega, das zum Zeitpunkt der Invasion ein ungewöhnliches ultraviolettes Licht ausgestrahlt habe.

2

Ich erinnere mich noch genau an jenen denkwürdigen Augenblick, als ich, nach durchzechter Nacht auf die Straße tretend, Auge in Auge dem Roten Khmer gegenüberstand. Es war eine jener warmen Sommernächte, in denen der Durst besonders groß ist. Im angeregten Gespräch mit Freunden waren die Stunden verflogen; als ich gegen vier Uhr früh als letzter Gast das Lokal verließ, dämmerte draußen bereits ein neuer Tag. Nachdem ich ein paar Schritte in westlicher Richtung gegangen war – meine Wohnung lag damals in einem der westlichen Vororte –, überkam mich ein unwiderstehliches Bedürfnis, Wasser zu lassen. Ich suchte mir einen passenden Alleebaum und nestelte schwankend an meiner Hose, um mir Erleichterung zu verschaffen, da spürte ich plötzlich eine kalte Berührung im Genick. Ich muß einen leisen Schrei ausgestoßen haben; als ich aufblickte, sah ich die Schnürschuhe eines Gehenkten aus dem Laub hervorragen. Wer aber beschreibt mein Entsetzen, als ich, mich umsehend, entdeckte, daß die Bäume entlang der Straße, soweit das Auge reichte, mit Leichen behängt waren, die wie überreife Früchte im Morgenwind schaukelten; die armdicken Stricke gaben dabei ein knarrendes Geräusch von sich, wie verharschter Schnee, der unter der Schuhsohle knirscht. Die Toten schienen verspätete Zecher gewesen zu sein, die sich, wie ich, auf dem Nachhauseweg befanden; dazwischen sah ich den Stöckelschuh und den verrutschten Nylonstrumpf einer Prostituierten aus dem Geäst hervorblinken, die hier ihrem lichtscheuen Gewerbe nachgegangen war, bevor sie ihren Häschern in die Arme lief. Ein umgestürzter Zeitungskarren lenkte meinen Blick auf die gegenüberliegende Straßenseite, wo ein Paar Kindersandalen aus dem Buschwerk hervorlugten, die in Socken steckenden Zehen auf unnatürliche Weise einwärts gekehrt; der Anblick des unschuldig dahingemordeten Zeitungsjungen trieb mir Tränen des Zorns in die Augen. Ich ballte die Faust und gelobte ihm Rache, wer immer seine feigen Mörder gewesen sein mochten, da fühlte ich den kühlen Lauf eines Karabiners im Nacken – wie sich später herausstellte, war es eine leichte israelische Maschinenpistole – und wurde mit auf den Rücken gedrehten Armen abgeführt. Im gleichen Augenblick war die Straße erfüllt vom lautlosen Surren von Fahrrädern, besetzt mit Soldaten in olivgrünen Uniformen, die an billige Pyjamas erinnerten, wie man sie früher bei Woolworth kaufen konnte; anstelle des in jeder zivilisierten Armee üblichen Stahlhelms trugen sie weiche Filzhüte, die ihre dunkelhäutigen Gesichter neugierigen Blicken entzogen, und anstelle festen Schuhwerks dünne, aus Autoreifen geschnittene Gummisandalen; trotzdem sah man hie und da einen Soldaten einem der Gehenkten die Schuhe ausziehen und als Beute auf dem Gepäckträger seines Fahrrads verstauen.

Ich wurde in eine lange Schlange von Menschen eingereiht, die mit Kolbenschlägen aus den Häusern getrieben wurden, im Schlafanzug oder im rasch übergeworfenen Bademantel, so wie der Feind sie in ihren Betten überrascht hatte. Es waren ausnahmslos Männer; Frauen und Kinder wurden gesondert abtransportiert; man kann sich vorstellen, was für herzzerreißende Szenen sich bei der Trennung der Familien abspielten: Kinder schrien nach ihren Müttern, Mütter nach ihren Kindern; selbst Geschwister wurden rücksichtslos auseinandergerissen. Alles Bitten und Flehen war umsonst, denn die fremden Invasoren waren keiner bekannten Sprache mächtig; wer sich sträubte oder Widerstand leistete, wurde auf der Stelle erschossen. Die Kontaktaufnahme mit den Soldaten des Feindes wurde dadurch zusätzlich erschwert, daß Offiziere und Mannschaften durch keinerlei Rangabzeichen voneinander unterschieden waren, eine Eigenart, die der Rote Khmer auch noch beibehielt, nachdem er sich auf Dauer als Besatzungsmacht bei uns etabliert und, gleichsam zur Legitimation seiner Herrschaft, fabrikneue Uniformen aus der Schweiz importiert hatte. Daran mochte in den Morgenstunden jenes Augusttages noch niemand denken; das Ganze erschien uns wie ein Alptraum am frühen Morgen oder wie eines jener apokalyptischen Planspiele, mit denen das Fernsehprogramm von Zeit zu Zeit die Zuschauer erschreckte; wir hatten uns längst abgewöhnt, an die Ernsthaftigkeit solcher Inszenierungen zu glauben. Das war jetzt anders: Wir wurden im Laufschritt in Marsch gesetzt und ins Stadtzentrum getrieben, ohne Rücksicht auf Alte und Gebrechliche, die mit Gewehrkolben niedergemacht und von den Nachfolgenden zu Boden getrampelt wurden. Unterwegs begegneten uns Panzer aus den Beständen unserer ehemaligen Armee, deren Hoheitszeichen mit den Emblemen der neuen Machthaber übermalt waren: einer aufgehenden Sonne, die mit ihren blutigroten Strahlen die

Schatten der Berge überwand. Nachdem wir mit erhobenen Armen auf dem Hauptplatz der Stadt zusammengeströmt waren, mußten wir in Vierergruppen antreten und wurden auf Lastwagen verladen; trotz der luftdicht verschnürten Planen erkannten einige Ortskundige an untrüglichen Kennzeichen, daß die Fahrt zum Sportstadion ging; die immer lauter werdenden Schußsalven und Schreie, die im Näherkommen an unser Ohr drangen, ließen nichts Gutes vermuten. Die Plane wurde zurückgerissen, und wir mußten von der Rampe herunterspringen; der Anblick, der sich mir bot, übertraf meine schlimmsten Befürchtungen. Das weiträumige Sportstadion war, soweit das Auge reichte, mit blutigen Leichen übersät, zwischen denen Überlebende und Verwundete schreiend umherirrten. Die Todesschützen schienen, soweit dies in der Eile feststellbar war, auf den Zuschauerrängen in Stellung gegangen zu sein, von wo aus sie die aus allen Teilen der Stadt auf Lastwagen herangekarrten Opfer mit Maschinengewehren unter Feuer nahmen: Die Schußsalven mähten die mit erhobenen Armen zusammenströmenden Menschen wie ein wogendes Weizenfeld nieder. Nur ein glücklicher Zufall rettete mir das Leben: Beim Sprung von der Laderampe verlor ich meine Brille; während ich gebückt den Boden abtastete, erregte ich die Aufmerksamkeit eines Postens, der mich mit dem Gewehrkolben niederschlug und mir die Brille abnahm; wie ich später erfuhr, gehörten Brillen neben Kugelschreibern und Armbanduhren zu den begehrtesten Beutestücken für die Soldaten des Roten Khmer. Ich nutzte den günstigen Augenblick, während der Posten mir den Rücken zudrehte, um meine Brille anzuprobieren – ich bin stark kurzsichtig, so daß der Posten mich nicht mehr sah –, und sprang auf einen anfahrenden Lastwagen, der, mit Leichen beladen, das Stadion verließ. Versteckt zwischen den noch warmen Körpern der Ermordeten, von denen einige noch wie im Schlaf röchelten, passierte ich unerkannt mehrere Kontrollen und gelangte so zur städtischen Müllkippe, wo ich unter einem schweren Leichenhaufen begraben liegenblieb. Ich wartete den Einbruch der Dämmerung ab und arbeitete mich dann unter einem Gewirr von blutigen Leibern, Armen und Beinen ins Freie empor, von wo aus mir im Schutz der Dunkelheit die Flucht gelang.

3

Ich fand Unterschlupf bei meiner früheren Freundin Nora, die beim Einmarsch des Roten Khmer von einer ganzen Kompanie Soldaten überfallen und vergewaltigt worden war; nur das beherzte Eingreifen eines jungen Offiziers, der im Augenblick höchster Not mit gezogener Pistole zwischen die mit zerfetzten Kleidern am Boden liegende Nora und den vor Geilheit geifernden Mob trat, rettete ihr das Leben. Die Meuterer wurden standrechtlich erschossen – auf Plünderung und Vergewaltigung, wie überhaupt auf jeden Verstoß gegen die militärische Disziplin, stand in der Roten-Khmer-Armee die Todesstrafe –, während der Offizier Noras Wunden verband, sie aufopferungsvoll pflegte und persönlich über ihre Genesung wachte. Seitdem lebte Nora mit dem Offizier zusammen – im Gegensatz zu den Mannschaften, die in Erdlöchern oder selbstgezimmerten Verschlägen hausten, waren die Offiziere in Privatquartieren untergebracht, zumeist beschlagnahmten Villen der ehemaligen Bourgeoisie. Wie alle Offiziere des Roten Khmer trug er keinerlei Rangabzeichen; er hatte an der Sorbonne Soziologie studiert und sich im Exil der Widerstandsbewegung angeschlossen. Seine Lebensführung war äußerst bescheiden: Er schlief auf einer Reisstrohmatte auf dem Fußboden und machte nie den geringsten Annäherungsversuch; im Gegenteil wachte er eifersüchtig darüber, daß Nora vor weiteren Belästigungen und Übergriffen seitens seiner Untergebenen geschützt blieb. Trotzdem, oder gerade deshalb, durfte er von meiner Anwesenheit nichts wissen: Tagsüber, während der Offizier mit seinen Soldaten exerzierte und Nora, zusammen mit einer Brigade zwangsverpflichteter Malerinnen, die offiziell als Freiwillige deklariert waren, Fahnen nähte und rote Sonnen auf grüne Schützenpanzer malte, konnte ich mich frei in ihrem Atelier bewegen und studierte die Taschenbücher, die Nora vor der Beschlagnahmung durch den Roten Khmer gerettet hatte und unter einem Stapel schmutziger Wäsche auf dem Grund des Wäschekorbs verbarg – auf den Besitz von Büchern stand die Todesstrafe. Abends, wenn der Offizier vom Exerzierplatz zurückkam – die Soldaten des Roten Khmer mußten zwölf Stunden täglich auf einem staubigen Platz im Süden der Stadt exerzieren, von gellenden Rufen, schrillen Pfiffen und dumpfem Trommelwirbel begleitet (man munkelte, daß eine große Siegesparade bevorstand) –, versteckte ich mich im Kleiderschrank, zwischen Noras noch immer verführerisch duftender Wäsche – auch auf den Besitz von Parfüm und Schminke stand die Todesstrafe –, und lauschte dem Knistern des Papiers, während er die für Nora mitgebrachten Geschenke auspackte: zumeist Trockenmilch, die von der Welternährungsorganisation FAO in Spannungsgebiete geliefert wurde, und Schweizer Milchschokolade – die Schweiz war das einzige Land der Welt, zu dem die neuen Machthaber Außenhandelsbeziehungen unterhielten. Die fruchtbaren Obst- und Gemüseanbaugebiete rund um die Hauptstadt waren mit Panzern eingeebnet und anschließend unter Wasser gesetzt worden; wie es hieß, sollte die gesamte

Wirtschaft auf Reisproduktion umgestellt werden: Überall im Land wurde die Bevölkerung zu Deichbauarbeiten zwangsverpflichtet, und zwar mit primitivstem Werkzeug – nicht einmal Hacken und Schaufeln standen zur Verfügung. Alle Industriebetriebe waren geschlossen und dem Erdboden gleichgemacht worden; statt dessen schossen überall kleine Hochöfen wie Pilze aus dem Boden, in denen Autos, Kühlschränke, Traktoren und Werkzeugmaschinen zu Eisen eingeschmolzen und zu Hacken und Schaufeln für den Reisanbau verarbeitet wurden. Nur in den Küstengebieten wurde in neu angelegten Salinen Salz gewonnen, das zusammen mit dem Reis in die Schweiz exportiert wurde – aber ich bin im Begriff, den Ereignissen vorzugreifen.

Nachdem der Offizier seine Geschenke ausgepackt hatte – die Weitergabe der Trockenmilch an Zivilisten war streng verboten, aber wie die meisten Khmersoldaten zog er den heimischen Reis der ungewohnten Trockenmilch vor –, aß er eine Schale mit Reis, den er mit Salz würzte, und legte sich schlafen. Wenn dann nach ein paar Minuten die regelmäßigen Atemzüge des Schlafenden herüberdrangen – der Dienst in der sengenden Sonne war auch für die abgehärteten Khmersoldaten äußerst anstrengend –, verließ ich mein wohlriechendes Versteck, das ich mit Kissen ausgepolstert hatte und schlüpfte zu Nora ins Bett, wo sie mich mit einer dampfenden Schüssel Milchreis erwartete, den sie meisterhaft zuzubereiten verstand – sogar einen kleinen Vorrat Zucker und Zimt hatte sie heimlich beiseite geschafft. Überschüsse verkaufte sie gewinnbringend auf dem schwarzen Markt, da der notleidenden Bevölkerung weder Reis noch Milchpulver oder gar Schokolade zugestanden wurde; die Hungernden auf dem Lande waren deshalb dazu übergegangen, Gras zu fressen, das eigentlich als Viehfutter rationiert war – auch auf den Verzehr von Gras stand die Todesstrafe. So lebten wir mehrere Wochen lang ungestört vor uns hin, bis der junge Offizier einer der zahlreichen Säuberungswellen zum Opfer fiel: Was ihm zum Verhängnis wurde, war weniger die Weitergabe der Trockenmilch – obwohl die Veruntreuung von Volkseigentum ebenfalls mit dem Tode bestraft wurde – als vielmehr die Kenntnis fremder Sprachen sowie die Tatsache, daß er mehrere Jahre im Ausland zugebracht hatte, was ihn in den Augen der Khmer-Justiz zum Verräter stempelte. Der Offizier wurde vor ein Kriegsgericht gestellt und standrechtlich erschossen, während Nora als seine Komplizin in eins der neugeschaffenen Umerziehungslager an der Küste geschickt wurde, wo sie zusammen mit ehemaligen Prostituierten in einer Saline arbeiten mußte, den ganzen Tag über bis zu den Hüften im salzigen Brackwasser stehend, das wie eine ätzende Lauge ihre Haut zerfraß; als ich sie Jahre später wiedersah, waren ihre Beine noch immer mit offenen Wunden bedeckt. Inzwischen war sie zur Bewährung ins Landesinnere verlegt worden, wo sie als Mitglied einer Deichbaubrigade unter erträglicheren Bedingungen arbeitete. Ich selbst kam wie durch ein Wunder mit dem Leben davon, indem ich einen Soldaten des Wachkommandos, das mich zur Hinrichtung auf den Sportplatz transportierte – um Munition zu sparen, war der Rote Khmer dazu übergegangen, die zum Tode Verurteilten mit Dynamit in die Luft zu sprengen –, mit einer Tafel Schokolade bestach und mir so die Freiheit erkaufte.

4

In den folgenden Wochen und Monaten lebte ich unerkannt mitten im Stadtzentrum in den Räumen der Weltbank, die einst auch die zentrale Notenbank unseres Landes beherbergt hatte. Das Bankgebäude, ein zehnstöckiges Bürohochhaus mit glitzernder Glasfassade, stammte noch aus der Zeit vor der Befreiung, als unsere Stadt ein Eldorado für ausländische Investoren, Glücksritter und Spekulanten gewesen war, die ihre dem Volk abgepreßten Profite oder durch Bestechung erschwindelten Gewinne in den Tresoren der Bank deponierten. Am Tag nach dem Einmarsch des Roten Khmer hatten die neuen Machthaber in einem ihrer ersten revolutionären Dekrete das Geld, und mit ihm den Handel und die gesamte Warenwirtschaft, für abgeschafft erklärt. An den folgenden Tagen fuhren Lautsprecherwagen durch die Straßen, die in monotonen Durchsagen die Bevölkerung aufforderten, ihren durch Ausbeutung fremder Arbeitskraft erschwindelten Besitz an in- und ausländischen Zahlungsmitteln, Aktien und Wertpapieren bei den Sammelstellen der neuen Regierung abzuliefern: Wer danach noch mit Geld in der Tasche angetroffen wurde, und seien es auch nur ein paar wertlose Piaster, wurde ohne Prozeß erschossen. Das Geld wurde mit Lastwagen eingesammelt und in die Räume der Notenbank geschafft, wo es von Spezialkommandos, die in pausenlosem Einsatz rund um die Uhr arbeiteten, im Heizungskeller verbrannt wurde. Tagelang stand über dem Gebäude der ehemaligen Bank eine schwärzliche Rauchsäule, die die Sonne verdunkelte; ab und zu trudelte ein verkohlter Geldschein in eine der umliegenden Straßen hinab, der von Angehörigen der Säuberungskommandos sofort in den Ausguß gefegt wurde.

Am nächsten Morgen wurde die Bank versiegelt; sei es, daß die Geldvernichtungsaktion abgeschlossen war, sei es, daß sie zuviel Geld gekostet hatte: Das Betreten des Gebäudes war fortan bei Todesstrafe verboten. Seitdem mied die Bevölkerung die Bannmeile der Bank mit abergläubischer Scheu, obwohl ihre militärischen Bewacher abgezogen waren und die Sandsäcke und Stacheldrahtverhaue, hinter denen sie sich verschanzt hatten, verwaist blieben. Nicht einmal die Soldaten und Offiziere des Roten Khmer wagten es, den Sperrbezirk zu betreten, als hafte ihm ein schrecklicher Fluch an: Man munkelte, daß die Geister der erschossenen Minister der alten Regierung, die auf den Plakaten der neuen Machthaber stets als feuerspeiende Drachen oder blutsaugende Vampire mit teuflisch grinsenden Fratzen dargestellt waren, nachts in den versiegelten Räumen der Bank rauschende Orgien feierten. Obwohl ich von Haus aus nicht abergläubisch bin – wie alle Bürger unseres Landes hatte ich den Schauprozeß gegen die Minister und ihre anschließende öffentliche Hinrichtung im Fernsehen verfolgt –, konnte ich anfangs in dem menschenleeren Gebäude, das ich durch eine unverschlossene Seitentür ungesehen betreten hatte, keinen Schlaf finden. Nachts schien das tagsüber grabesstille Hochhaus plötzlich zum Leben zu erwachen; der Wind gurgelte in den Luftschächten und trieb zerknüllte Geldscheine durch die leeren Korridore, aus den Büros drang das Quieken von Ratten, und in regelmäßigem Abstand wurde das gesamte Gebäude von dumpfem Brausen erfüllt, wenn sich die vollautomatische Klimaanlage, die von einem Notaggregat gespeist wurde, an- und wieder abschaltete. Nach und nach verlor ich meine Scheu und erkundete den weitläufigen Bau Stockwerk für Stockwerk, vom Keller bis zum Dachboden, bis ich jeden Winkel wie meine Westentasche kannte. In der Teeküche für Angestellte entdeckte ich einen gutverpackten Vorrat von Zwieback und Pulverkaffee, dem die Ratten nichts hatten anhaben können; hier bereitete ich mir mit einem Tauchsieder jeden Morgen mein Frühstück. Dann schlenderte ich durch die verlassene Schalterhalle, blätterte in alten Kontobüchern – wobei mir Beweise für umfangreiche Schiebungen und Bestechungsskandale unter die Augen kamen – oder betrachtete die im Keller gehorteten Goldbarren, die ich jeden Tag, um mir die Zeit zu vertreiben, auf Hochglanz polierte. Mittags speiste ich im Casino für höhere Angestellte, wo ich mich aus einer Tiefkühltruhe mit Fertiggerichten versorgte, welche die Wirren des Bürgerkrieges und den Einmarsch des Roten Khmer unbeschadet überstanden hatten. Bei schönem Wetter sonnte ich mich auf einem Liegestuhl in dem von künstlichen Palmen eingefaßten Dachgarten und beobachtete durch ein Fernglas die Vorgänge auf Straßen und Plätzen weit entfernter Stadtteile – zumeist An- und Abtransporte von Gefangenen oder Massenerschießungen von politischen Gegnern, die jedoch dermaßen überhand nahmen, daß sie mich nach kurzer Zeit zu langweilen begannen: Sogar nachts klangen die Salven und Detonationen der Hinrichtungskommandos vom Sportstadion herüber. Bei schlechtem Wetter machte ich Jagd auf Ratten, die sich in dem verlassenen Gebäude unglaublich vermehrt hatten und mir mit ihrem ständigen Quieken auf die Nerven gingen. Als Waffe bei meinem Ausrottungsfeldzug diente mir zuerst ein einfacher Besen und später ein sechsschüssiger Revolver, den ich in der Schreibtischschublade eines Büros der Chefetage gefunden hatte; um Munition zu sparen – wer weiß, wozu die Waffe noch gut sein könnte – und um mich nicht durch Schüsse zu verraten, ging ich dazu über, Rattengift zu streuen, das in Plastiksäcke verpackt im Heizungskeller lagerte; anschließend sammelte ich die toten Ratten mit Eimern ein und verbrannte sie im Heizungskeller. Nach getaner Arbeit machte ich es mir im Büro des ehemaligen Bankdirektors bequem, der zusammen mit den Ministern der alten Regierung hingerichtet worden war; ich thronte in einem verstellbaren Ledersessel, die Füße vor mir auf dem Tisch, trank Whisky oder Cognac, rauchte eine Brasil oder Havanna und aß Kaviar, von dem ich einen kleinen Vorrat in einem Wandsafe entdeckt hatte. Dazu sah ich mir einen der Pornofilme an, die der Bankdirektor vor oder nach erfolgreichen Geschäftsabschlüssen im Beisein seiner Sekretärinnen seinen Kunden vorzuführen pflegte; gegen Mitternacht schlief ich dann, von Alkohol, Sex und Nikotin betäubt, rasch ein.

5

Letzte Nacht träumte ich, die Truppen des Roten Khmer seien ebenso schnell und geräuschlos wieder abgezogen, wie sie gekommen waren. Sei es, daß ihr Weltreich, wie dasjenige von Dschingis Khan, sich dermaßen ausgedehnt hatte, daß es in seine Bestandteile zerfiel; sei es, daß Grenzstreitigkeiten oder ideologische Zwistigkeiten sie in ihre ferne Heimat zurückriefen: Eines Morgens waren die Straßen plötzlich menschenleer, ohne Panzer und ohne Soldaten. Kein Flugblatt und keine Fahne mit dem Emblem der fremden Eroberer, kein liegengelassenes Fahrrad und keine Patronenhülse zeugten mehr von der Herrschaft des Roten Khmer: Wie alles auf der Welt war auch sie eines Tages zu Ende gegangen. Die Überlebenden kamen zögernd aus ihren Häusern, wildfremde Menschen umarmten einander auf den Straßen; auseinandergerissene, übers ganze Land verstreute Familien fanden wieder zusammen, Verschollene und Vermißte tauchten wieder auf. Irgendwo in der Menge entdeckte ich das vertraute Gesicht meiner Freundin Nora, aber die Begrüßung war weniger herzlich als erwartet: Nur zögernd fielen wir uns in die Arme, wie Taucher auf dem Meeresgrund oder wie Kosmonauten auf dem Mond, die mit der ungewohnten Schwerelosigkeit noch nicht zurechtkommen. Die Hinrichtungen gingen weiter, weniger aus Absicht und Methode als aus alter Gewohnheit, nur daß es diesmal nicht die Gegner des Roten Khmer waren, sondern sogenannte Kollaborateure, die im Sportstadion zusammengetrieben wurden. Dann war auch das zu Ende: Die neugewählte Regierung verkündete die nationale Versöhnung, die Banken wurden wieder geöffnet, neue Geldscheine gedruckt, Industrie und Handel blühten auf, sogar die totgeglaubten Minister der alten Regierung tauchten aus der Versenkung wieder auf.

An dieser Stelle meines Traums muß ich aufgewacht sein; draußen dämmert ein neuer Tag. Wenn ich aus dem Fenster blicke, liegen die Straßen genauso verwaist, wie ich sie im Traum gesehen habe; vom Lande her nähern sich die endlosen Kolonnen der Deportierten, meine Freundin Nora an ihrer Spitze, um im Triumphzug ins Stadion einzumarschieren und die wahren Schuldigen vor Gericht zu stellen, damit mit dem Töten Schluß gemacht wird, ein- für allemal. Aber ich traue dem Frieden nicht: Vielleicht ist das Ganze nur eine raffinierte Kriegslist, eine teuflisch geschickte Inszenierung des Roten Khmer. Vielleicht werden in ein paar Minuten die auf den Zuschauerrängen installierten Maschinengewehre zu sprechen beginnen und meinen Traum in Strömen von Blut ertränken – ein- für allemal.

Die Ammergauer Passion

1

Während der Generalprobe zu den diesjährigen Ammergauer Festspielen, die im Beisein prominenter Ehrengäste und zahlreicher Beobachter, insbesondere von seiten internationaler jüdischer Organisationen, stattfand, wurde der bayrische Staatsminister Dr. Stoibl, der die Rolle des Pontius Pilatus in dem reformierten Passionsspiel übernommen hatte, von einer Gruppe siamesischer Boat-People als Geisel genommen. Bei den Geiselnehmern soll es sich dem Vernehmen nach um unerwünschte Ausländer gehandelt haben – juristisch korrekt müßte von Asylbewerbern die Rede sein, aber, so heißt es, der Ausdruck habe sich nun einmal im Volksmund eingebürgert und beinhalte keinerlei Diskriminierung –, die von dem deutschen Rettungsschiff Cap Anamur im Golf von Siam aus einem lecken und noch dazu hoffnungslos überladenen Boot gefischt und anschließend von Singapur direkt nach Zirndorf aus- bzw. eingeflogen worden sein sollen. Diese Gruppe von circa 45 Personen, hauptsächlich Greise, Frauen und Kinder, die nach eigenen Angaben unterwegs auf hoher See von thailändischen Piraten mehrfach überfallen und vergewaltigt worden sein wollen, soll ständig ihre Unzufriedenheit mit den in Bayern, und speziell in Ammergau, herrschenden Verhältnissen zum Ausdruck gebracht haben, obwohl sie doch auf eigenen Wunsch hierher verbracht worden seien – des vermeintlich südlicheren Klimas wegen – und der Hilfsbereitschaft der bayrischen Behörden, und speziell der Ammergauer Bevölkerung, mithin alles zu verdanken gehabt hätten. Insofern sei es unrichtig, wie dies in Teilen der überregionalen Presse noch immer geschehe, vom Freistaat Bayern, und speziell von Ammergau, als einer, ich zitiere, »zweiten Heimat« für asylsuchende Ausländer zu sprechen, eine Bezeichnung, gegen die die Boat-People selbst in einem von ihrem Dolmetscher, Dr. Tranh, formulierten Leserbrief an die Münchner Abendzeitung, die sich aus durchsichtigen wahltaktischen Erwägungen ihres Falles angenommen habe, Protest eingelegt hätten mit dem Hinweis, sie seien über die in ihrem Gastland herrschenden Bedingungen zu spät und nur unzureichend informiert worden. Abgesehen von dem ungewohnten Klima – dem Vernehmen nach sollen die aus dem äußersten Süden von Siam stammenden Boat-People noch nie in ihrem Leben Schnee und Eis gesehen haben und seien deshalb auf den eisglatten Gassen von Ammergau, wo bis in den Mai hinein strenger Frost herrsche, ständig ausgerutscht oder im Schnee steckengeblieben –, abgesehen vom Klima also soll sich der Unmut der Asylanten vor allem an der Person und am Arbeitsstil des Heimleiters des diakonischen Werks Dr. Stapfer entzündet haben, der ihnen die vom Caritasverband zur Verfügung gestellten Trockenmilchen aus EG-Beständen vorenthalten haben soll mit der Begründung, die des Deutschen unkundigen Boat-People könnten die auf den Packungen ausgedruckten Gebrauchsanweisungen nicht lesen, was zu gesundheitlichen Schäden bei ihren eh unterernährten Säuglingen führen könne. Außerdem, so der Sprecher der Gruppe, Dr. Tranh, oder, wie es korrekt heißen müsse, Dr. Tranh Van Anh, da im Siamesischen der Nachname an erster Stelle genannt werde, vergleichbar unserer Dienstordnung beim Militär, wo es ja auch nicht Gefreiter Willi Müller, sonder Gefreiter Müller, Willi, heiße, außerdem habe Dr. Stapfer, entgegen den Richtlinien für die Ausländerbetreuung in geschlossenen Heimen, auf strenger Geschlechtertrennung in den Schlafsälen der Boat-People bestanden, was faktisch einem Auseinanderreißen der Familien gleichgekommen sei, wo doch jeder durchschnittlich gebildete Bundesbürger wisse, daß die traditionelle Großfamilie im indochinesischen Raum erheblich verankert sei; mit der Begründung – so Dr. Stapfer, mündlich, zu den ihm anvertrauten Schützlingen –, daß die Boat-People sich auf Kosten des deutschen Steuerzahlers nicht auch noch schamlos zu vermehren brauchten, wo doch die Bundesrepublik so schon hoffnungslos überfremdet sei, von den ständig steigenden Arbeitslosenziffern ganz zu schweigen. Herr Dr. Tranh habe daraufhin Herrn Dr. Stapfer in höflicher Form – der Asiate sei von Natur aus höflich – darauf aufmerksam gemacht, daß in der Bundesrepublik die Geburtenziffern seit längerem rückläufig seien, ein Trend, der von regierungsamtlicher Seite bereits besorgt kommentiert werde, und daß deshalb ein geregelter Geschlechtsverkehr, wie er selbst Strafgefangenen hierzulande gestattet sei, asylsuchenden Ausländern nicht verboten werden dürfe, zumal dann nicht, wenn es sich um zivil- und kirchenrechtlich ordnungsgemäß geschlossene Ehen handle; die meisten Boat-People seien nämlich Christen, die ihres katholischen Glaubens wegen in ihrer Heimat politisch verfolgt würden. Dr. Stapfer – hier folgen wir der notariell beglaubigten und von Zeugen bestätigten Aussage des Dolmetschers, Dr. Tranh – sei daraufhin ausfallend geworden und habe sich in grob beleidigender und ehrverletzender Weise über die Boat-People geäußert: Die sexuelle Schamlosigkeit der Boat-People sei auch in Bayern hinlänglich bekannt; die meisten von ihnen seien im Zivilberuf Zuhälter und Prostituierte gewesen, weshalb die Behörden ihres Heimatlandes froh gewesen seien, diese asozialen Elemente, die auch durch Umerziehung in Lagern nicht mehr zu bessern gewesen seien, endlich loszuwerden; die angeblichen Vergewaltigungen auf hoher See hätten sie sich auf Grund ihres provozierenden Verhaltens selbst zuzuschreiben – schließlich sei es ein offenes Geheimnis und in der Opferforschung seit langem bekannt, daß die Opfer von Vergewaltigungen die eigentlich Schuldigen seien, da sie die an sich harmlosen Täter so lange reizten, bis diese ihren Geschlechtstrieb nicht mehr beherrschen könnten; die Boat-People hätten besser daran getan, in Thailand zu bleiben, um dort in Peep-Shows und Massagesalons dem ältesten Gewerbe der Welt nachzugehen, anstatt hierzulande dem Steuerzahler auf der Tasche zu liegen; noch besser aber wäre es gewesen, die Besatzung der Cap Anamur hätte die Boat-People gleich nach dem Auffischen auf hoher See zu Fischmehl verarbeitet: Auf diese Weise hätte sie einen wertvollen Beitrag zur Erhaltung des Weltfriedens, zur Eindämmung der Bevölkerungsexplosion und zur Sanierung der in den roten Zahlen steckenden bayrischen Hochseefischerei leisten können. An dieser Stelle seiner Ausführungen – hierin stimmen alle Zeugenaussagen überein – ist Herr Dr. Stapfer durch eine von Dr. Tranh verabreichte Ohrfeige am Weiterreden gehindert worden.

Dr. Stapfer selbst stellt die fraglichen Vorgänge naturgemäß ganz anders dar: Aufgrund der drangvollen Enge in dem mit Ausländern hoffnungslos überbelegten Heim – seine diesbezüglichen Beschwerden an das Diakonische Werk hätten zu keinen spürbaren Verbesserungen geführt – sei ein geregeltes Zusammenleben der Familien, ganz zu schweigen von ungeregeltem Geschlechtsverkehr der Heiminsassen untereinander oder mit heimfremden Personen, nicht möglich gewesen, es sei denn, er hätte das seiner Obhut unterstellte Diakonische Heim in ein Eros-Center für unerwünschte Ausländer verwandeln wollen, was ihm aber ferngelegen hätte; statt dessen habe er lediglich von seinem Hausrecht Gebrauch gemacht und den Boat-People, falls es doch einmal zu unkontrolliertem Geschlechtsverkehr kommen sollte, die Verwendung der in zivilisierten Ländern üblichen empfängnisverhütenden Mittel empfohlen, woraufhin Herr Tranh – siamesische Doktortitel würden seines Wissens von den Universitäten des Freistaats nicht anerkannt – ausfallend geworden sei und ihn nicht nur geohrfeigt, sondern auch noch gegen das Schienbein getreten habe; außerdem hätte Herr Tranh seine Äußerungen bewußt falsch wiedergegeben, um die leicht erregbare Meute seiner Landsleute gegen ihn aufzuhetzen. Im übrigen verweist Dr. Stapfer auf seine in einem Wohnheim für illegale Einwanderer in Berlin-Lichterfelde gesammelten langjährigen Erfahrungen im Umgang mit Asiaten, insbesondere Pakistanis und Bengalen, mit denen er bestens zurechtgekommen sei; noch heute erhalte er fast täglich Dankschreiben aus Pakistan und Bangla Desch, die er dem Gericht auf Wunsch vorlegen könne.

Wie dem auch sei, die Wahrheit läßt sich, bevor es zu einer juristischen Klärung der Vorgänge gekommen ist, nicht zweifelsfrei feststellen, im Augenblick steht Aussage gegen Aussage; aber wie aus Kreisen der einheimischen Bevölkerung verlautet, wird man Dr. Stapfer zugute halten müssen, daß er sich, als erst kürzlich nach Bayern versetzter Preuße, in Ammergau selbst als unerwünschter Ausländer gefühlt hat und deshalb stets bemüht gewesen ist, die ihm übertragene knifflige Aufgabe mit Fingerspitzengefühl und psychologischem Takt zu meistern, ohne die Ammergauer Bevölkerung durch öffentliche Auftritte der ihm anvertrauten Ausländer unnötig zu provozieren. Festzuhalten bleibt, daß die Boat-People, nach dem erzwungenen Weggang des Dr. Stapfer, der die automatische Sperrung von Wasser und Strom zur Folge hatte – und das bei Nachttemperaturen um minus fünf Grad Celsius –, ihren ganzen Zorn auf den Staatsminister Dr. Stoibl konzentrierten, der sich in der verfahrenen Situation als Vermittler angeboten hatte.

2

Es ist billig, wie dies die Münchner Abendzeitung versucht hat, aus den Vorgängen parteipolitisches Kapital schlagen zu wollen, indem man Dr. Stoibl schwerwiegende Fehler und Versäumnisse vorwirft: Hinterher sind wir alle klüger. Natürlich hätte Dr. Stoibl von seiner Weisungsbefugnis als Minister Gebrauch machen und den sofortigen Wiederanschluß von Wasser und Strom anordnen können; notfalls hätte er auch die ausstehende Wasser- und Stromrechnung aus einem Sonderfonds seines Ministeriums oder sogar aus eigener Tasche bezahlen können – wie die Abendzeitung in Erfahrung gebracht haben will, handelte es sich um einen Bagatellbetrag von DM 123,87. Aber es ist müßig, hier zu rechten, denn Dr. Stoibl hatte sich nun einmal in den Kopf gesetzt, getreu seiner Devise: »Jeder ist selbst seines Glückes Schmied«, den Boat-People Arbeit zu beschaffen, um sie selbst in den Stand zu versetzen, die ausstehende Rechnung zu begleichen. Nachdem ihr Sprecher, Dr. Tranh, leichtere Arbeiten wie Schneeschippen als für Boat-People unzumutbar abgelehnt hatte, verfiel Dr. Stoibl auf die geniale Idee, die Leute bei den Ammergauer Passionsspielen zu beschäftigen, in denen er selbst als Pontius Pilatus auftrat und wo noch einige Statistenrollen – im Volksmund Juden genannt – zu besetzen waren. Zwar sahen die

Boat-People – abgesehen von ihren Schlitzaugen und der olivgrünen Haut – äußerlich kaum Juden ähnlich, aber nach der umstrittenen Reform der Festspiele, bei der alles, was auch nur von fern als antisemitische Anspielung hätte mißverstanden werden können, peinlich genau aus dem Textbuch getilgt worden war, kam es auf äußere Wahrscheinlichkeit ohnehin nicht mehr an, um so mehr aber auf die innere Wahrheit des Dargestellten: Hatten denn nicht, so wurde vom verantwortlichen Spielleiter Dr. Schneck argumentiert, die Boat-People das schreckliche Schicksal der Verfolgung und Vertreibung mit dem jüdischen Volk gemein; und hatten sie nicht, so war aus Kreisen der ortsansässigen Bevölkerung zu hören, bei ihrer Flucht ähnlich wie die Juden große Mengen Geldes und Goldes außer Landes geschafft? Unter diesen Auspizien ließ sich die Zusammenarbeit zunächst gut an, zumal sich die Ammergauer Bevölkerung nicht gerade nach den Judenrollen drängte, die im Volksmund als undankbar verschrien waren, da das jüdische Volk den Kreuzestod unseres Herrn und Heilands ja nicht nur geduldet, sondern mitverschuldet hatte, wie selbst protestantische Theologen auf Befragen ohne weiteres zugäben. Auch die Boat-People waren mit Feuereifer bei der Sache, und alles hätte sicherlich ein gutes Ende genommen, wenn nicht auf dem Höhepunkt der Proben eine zwölfköpfige Delegation von Ammergauern auf Einladung ihrer Schwesterstadt Kobe zur Teilnahme an den Nô-Festspielen nach Japan geflogen wäre. So kam es, daß kurz vor der Generalprobe zusätzlich zu den Juden- noch ein Dutzend Römerrollen frei wurden, die aus Mangel an qualifizierten Kräften kurzfristig mit Boat-People besetzt werden mußten, welche auf diese Weise unverhofft in den Besitz der aus dem Fundus der Münchner Kammerspiele ausgeliehenen Römerwaffen kamen. Zwar handelte es sich bei den in Frage kommenden Waffen lediglich um harmlose Nachbildungen altrömischer Spieße, Schwerter und Hellebarden, aber mit ihrer Hilfe gelang es den bürgerkriegserfahrenen Boat-People, im allgemeinen Durcheinander während der Kreuzigung Christi, den Dr. Stoibl, alias Pontius Pilatus, trotz heftiger Gegenwehr in ihre Gewalt zu bringen und sich auf der provisorisch hergerichteten Richtstätte auf dem Berg Golgatha mit ihrer Geisel zu verschanzen.

3

Es dauerte mehrere Stunden, bis die Nachricht von der Geiselnahme in der Münchner Staatskanzlei eintraf. Der Ministerpräsident war auf Safari in Zaire, der Innenminister hatte Grippe, sein Stellvertreter, der zuständige Staatssekretär, hielt gerade eine vielbeachtete Rede über vorbeugende Terroristenbekämpfung auf der Interschutz '80 in

Hannover. Von Forderungen der Entführer war nichts bekannt, ja es war nicht einmal klar, um was für Entführer es sich überhaupt handelte: In ersten Verlautbarungen war von islamischen Fanatikern die Rede gewesen, dann von strenggläubigen Moslems, die den sofortigen Abzug der sowjetischen Truppen aus Afghanistan verlangten, eine Forderung, die die Regierung des Freistaats noch vor der Bonner Bundesregierung erhoben hatte. Vielleicht handelte es sich auch gar nicht um eine echte, sondern lediglich um eine vorgetäuschte Entführung, wie im Fall des persönlichen Referenten des Ministerpräsidenten Dr. H., der sich selbst als Geisel genommen hatte, was von der veröffentlichten Meinung damals weidlich ausgeschlachtet worden war; aus Geheiminformationen des Landesverfassungsschutzes verlautete, daß es mit Dr. Stoibls Ehe nicht zum Besten stehe und daß er intime Beziehungen zu einem weißrussischen Balletttänzer unterhalte, der ihn bei der Ankunft auf dem Flughafen Riem mit einem Zungenkuß begrüßt habe. Andererseits hatte der Krisenstab keine Lust, in den privaten Affären eines verdienten Landespolitikers herumzustochern und im gleißenden Licht der Fernsehkameras schmutzige Wäsche zu waschen, von der leicht ein paar Spritzer an den weißen Westen der umstehenden Saubermänner haften bleiben konnten – Politik war nun einmal ein schmutziges Geschäft. Für solche

Fälle lag keine Weisung des in Zaire weilenden Ministerpräsidenten vor, bei Durchsicht der Akten stieß der eilig einberufene Krisenstab einzig auf eine handschriftliche Notiz, auf keinen Fall Bonn nach Bayern hineinregieren zu lassen und so dem ungeliebten Rivalen einmal mehr Gelegenheit zu bieten, sich dem hammeldummen Wahlvolk durch Einsatz einer Eingreiftruppe als Hüter von Recht und Ordnung anzudienen. Hier war guter Rat teuer, und die Mitglieder des Krisenstabs atmeten erst erleichtert auf, als die Forderungen der Entführer nach sofortigem Anschluß von Wasser und Strom für das Diakonische Heim in der Telefonzentrale der Staatskanzlei einliefen.

Ein ernsthaftes Eingehen auf diese Forderungen kam selbstverständlich nicht in Betracht, da dadurch das internationale Ansehen des Freistaats irreparablen Schaden genommen haben würde, abgesehen von dem damit verbundenen Gesichtsverlust für den Ministerpräsidenten, aber auch die Anwendung von Gewalt hatte in seiner Abwesenheit tunlichst zu unterbleiben, schon um den ohnehin angeschlagenen Ruf Ammergaus als Festspielstadt nicht noch weiter zu belasten: Auch der gezielte Todesschuß, für den ein Scharfschützenkommando der Polizei Gewehr bei Fuß stand, kam wirklich nur als letztes Mittel in Frage. Eine versuchte Kontaktaufnahme mit der Botschaft der VR Siam in Bonn-Bad Godesberg verlief im Sande, da Siam gar keine diplomatische Vertretung in Bonn besaß und da die Asylsuchenden, wie aus der Rechtsabteilung des AA zu hören war, durch ihre Entfernung aus siamesischen Hoheitsgewässern automatisch ihrer Staatsangehörigkeit verlustig gegangen waren. Auch die Abschiebung in ein anderes Bundesland, nach Österreich oder in die ČSSR kam aus naheliegenden Gründen nicht in Betracht – niemand wollte diese unerwünschten Ausländer haben, bei denen es sich, juristisch gesehen, um Mitglieder einer kriminellen Vereinigung handelte. Statt dessen war zu fragen, wie diese Boat-People überhaupt in den Freistaat gekommen waren, der ja bekanntlich keinerlei Meeresküsten besitzt, an denen sie mit ihren Booten hätten landen können – den Chiemsee einmal ausgenommen –, und auf welch trickreiche Weise Bonn wieder einmal München den Schwarzen Peter zugespielt hatte. Zuerst einmal mußte ein staatlich vereidigter Dolmetscher her, aber das war leichter gesagt als getan, da die Behörden des Freistaats zwar über zahlreiche Chinaexperten, aber über keinen Kenner der Boat-People-Sprache verfügten, was sprachen diese Boat-People überhaupt für eine Sprache, vielleicht Wollof? Nein, Wollof wurde am Horn von Afrika gesprochen, dann schon eher Nord- oder Südostasiatisch. Wieder ging wertvolle Zeit verloren, bevor der von der Bundeswehr ausgeliehene Südostasienexperte unter Stapeln von Karteikarten den Namen eines Dolmetschers namens Dr. Anh hervorgezogen hatte, bei dem es sich, wie sich nach zeitraubenden Recherchen herausstellte, um den gleichen Dr. Tranh handelte, der das terroristische Stoßtruppunternehmen leitete und dessen Namen dem deutschen Sprachgebrauch entsprechend verkehrt herum geschrieben worden war. Inzwischen waren alarmierende Berichte über den Gesundheitszustand des Dr. Stoibl in der Staatskanzlei eingelaufen, dessen defekter Herzschrittmacher verzweifelte Notsignale aussandte, welche nur mittelbar mit dem durch die Geiselnahme verursachten emotionalen Streß zusammenhingen: Sie waren vielmehr, wie die Technik nach langem Hin und Her herausfand, durch das vom BND in unmittelbarer Nähe des Tatorts aufgefahrene schwere elektronische Gerät bedingt, das auf der gleichen Frequenz wie Dr. Stoibls Herzschrittmacher funkte. Jetzt war keine Zeit mehr zu verlieren, die Geiselnahme mußte schnellstens beendet werden, um das Leben der Geisel zu retten, und der Krisenstab durfte in der Wahl seiner Mittel nicht zimperlich sein.

In dieser Notsituation fing die Telefonzentrale der Staatskanzlei einen in Westafrika aufgegebenen Funkspruch des Ministerpräsidenten auf, der in seinem Jagdbungalow im Nationalpark von Zaire durch eine Nachrichtensendung der Deutschen Welle aus Köln von dem Geiseldrama Wind bekommen hatte und in barschem Ton anfragte, warum er nicht früher informiert worden sei. Der direkt von der Hannovermesse eingeflogene Staatssekretär – inzwischen war auch der Innenminister von seiner Grippe genesen – erwiderte stotternd, der ganze Schlamassel sei nach den neuesten Erkenntnissen seines Ressorts durch die Eigenmächtigkeit eines Staatssekretärs des Bonner Entwicklungshilfeministeriums entstanden, der die Lufthansamaschine mit den Boat-People vom Start in Singapur weg direkt nach Zirndorf umdirigiert habe, worauf der Ministerpräsident den Staatssekretär mit der Ankündigung schockte, er befände sich persönlich an Bord der Bundeswehrmaschine Landshut, die soeben zum Landeanflug auf den Flughafen Riem ansetze, und werde die Angelegenheit in Kürze selbst in die Hand nehmen. Nach der Landung mußten zuerst die beiden Krokodile abgefertigt werden, die der Präsident der Republik Zaire seinem bayrischen Amtskollegen zum Geschenk gemacht hatte; wiederum ging durch überflüssige tierärztliche Kontrollen von seiten untergeordneter Zollbeamter, die auf diese Weise auf sich und ihre gewerkschaftlichen Ziele aufmerksam zu machen versuchten, wertvolle Zeit verloren, ehe der Ministerpräsident seine zweieinhalb Zentner aus dem engen Cockpit des Airbus zwängte, den er den größten Teil des

Fluges über selbst gesteuert hatte, begrüßt von den Blitzlichtern der Pressefotografen, deren Phalanx er mit ernstem Gesicht, aber ohne Zeichen innerer Erregung und auch ohne Kommentar auf die ihm zugeworfenen Fragen, mit festem Schritt, dabei freundlich winkend, abschritt, ehe er in der wartenden Limousine mit der blauweißen Standarte des Freistaats Platz nahm.

4

Abgesehen vom Licht der Scheinwerfer, das ihn blendete, fühlte sich Dr. Stoibl sauwohl. Sein Herzschrittmacher funktionierte wieder, der BGS oder wer auch immer ihm da hineingefunkt hatte, war auf eine andere Frequenz ausgewichen, und auch die körperliche Nähe des jungen Siamesen, die ihm früher vielleicht unangenehm gewesen wäre, machte ihm nichts mehr aus, im Gegenteil: Seitdem sich dieser russische Ballettänzer, der im Freistaat um politisches Asyl nachgesucht hatte, das ihm auch sofort bewilligt worden war, mit einem slawischen Bruderkuß bei ihm bedankt hatte, seitdem wußte Dr. Stoibl, daß ihm die körperliche Nähe junger Männer nicht unangenehm war, und der junge Siamese neben ihm roch sauber und appetitlich, obwohl sich doch die Boat-People seit der Sperrung der Wasser- und Stromzufuhr im Diakonischen Heim nicht mehr richtig hatten waschen können, diese Asiaten waren eben, wie die meisten Naturvölker, von Natur aus sauberer als die Deutschen. Solche und ähnliche Gedanken gingen Dr. Stoibl durch den Kopf, während sich der junge Siamese neben ihm wärme- oder schutzsuchend an seine rote Toga kuschelte – inzwischen war es dunkel geworden, und nachts herrschte hier oben auf den Bergen noch immer Frost. Oder mußte es Tunica heißen? Das wußte der Ministerpräsident besser, der war Lateiner, während Dr. Stoibl *nur* Romanist war, nach seiner Promotion zum Dr. phil. hatte er im Auftrag der Organisation Todt im besetzten Frankreich jüdische Kunstsammlungen durchforstet, alles irgendwie Brauchbare ging damals heim ins Reich, wo sich sein oberster Dienstherr die schönsten Stücke für seine Privatsammlung ausgesucht hatte, auch Entartetes soll seinerzeit darunter gewesen sein, das der Reichsführer SS vorsorglich in die Schweiz auslagern ließ, für alle Fälle, man wußte ja nie – aber das gehörte jetzt nicht hierher. Jedenfalls sprach Dr. Stoibl seitdem ein recht passables Französisch und konnte sich auch ohne Dolmetscher mit den Boat-People unterhalten, zum Beispiel mit seinem jungen Bewacher neben ihm, der ihm jetzt auf Französisch oder Siamesisch irgend etwas ins Ohr flüsterte, was Dr. Stoibl aber nicht verstand, vielleicht weil die Nebengeräusche so laut waren, rasselnde Panzerketten, rotierende Helikopter, Lautsprecherdurchsagen, die wie Maschinenlärm klangen, das hatte sich der Polizeipsychologe auf der anderen Seite ausgedacht, um die Geiselnehmer zu demoralisieren, dazwischen, wenn eine Pause eintrat, das Surren der Fernsehkameras und das leise Stöhnen der links und rechts von ihm ans Kreuz gefesselten Schwerverbrecher, das ihn irgendwie sexuell erregte, ELI ELI LAMA ASABTHANI, dachte Dr. Stoibl, ICH WOLLTE, ES WÄRE NACHT ODER DIE PREUSSEN KÄMEN, während sich die römischen Wachsoldaten hinter ihm mit ihren Schwertern an die Brust schlugen, dann war auch das zu Ende. Das Letzte, was Dr. Stoibl vor Augen stand, war das weißblaue Mündungsfeuer des Walther-Präzisionsgewehrs, oder war es eine leichte israelische Maschinenpistole, eine Guzi vielleicht? Darüber hätte nur das Geräusch des Schusses Auskunft geben können, und das hat Dr. Stoibl schon nicht mehr gehört.

5

Die Sache war die, sagte Harry H. Halter, der Ghostwriter des Ministerpräsidenten, der die offizielle Version des Geiseldramas am nächsten Morgen im Konferenzraum des Hotels Vier Jahreszeiten an die Presse verkaufte, daß die bayrische Staatsregierung zu raschem Handeln gezwungen war, anders ausgedrückt, mit den Worten des

Ministerpräsidenten: Wir mußten bereit sein, Menschenleben zu opfern, um Menschenleben zu retten. Im übrigen zeige der ganze Vorgang exemplarisch die Fragwürdigkeit übereilter und übereifriger Reformen. So habe die Reform des Passionsspiels die Ammergauer eine halbe Million gekostet, und was sei dabei herausgekommen? Bei Durchsicht des reformierten Textes sei ein Justitiar der Staatsregierung auf staatsfeindliche Textstellen gestoßen, in denen offen Gewalt gepredigt und zum Umsturz der freiheitlich-demokratischen Grundordnung aufgerufen werde, wie zum Beispiel der folgenden, er zitiere:

Nathanael Hohepriester, Väter und Lehrer! Zu unserer Schande mußten wir mitansehn, wie der Galiläer im Triumphzug durch die Tore und Gassen unserer heiligen Stadt gezogen ist. Was fehlt noch zum Umsturz aller staatlichen und göttlichen Ordnung?

Rabbi Wir müssen uns seiner Person bemächtigen, mit einem Wort: ihn unschädlich machen.

Alle Ja, das müssen wir!

Kaiphas Ehre eurer einmütigen Entschlossenheit!

Ezechiel Wir müssen versuchen, ihn mit List in aller Stille gefangenzunehmen. Es läßt

> sich gewiß auskundschaften, wohin er sich des Abends zurückzieht. Dort kann er festgenommen und ohne Aufsehen abgeführt werden.

Er persönlich wage nicht zu entscheiden, fuhr der Pressesprecher in seiner bundesweit von den Medien übertragenen Pressekonferenz fort, inwieweit die Geiselnehmer durch derartige subversive Zitate zu ihrem mißglückten Kommandounternehmen inspiriert worden sein könnten, aber eins sei sicher: Im Originaltext des bayrischen Kapuzinerpredigers Daisinger suche man solche Textstellen vergeblich. Nach der traditionellen Festspielordnung, die auf ein Pestgelübde aus dem Jahr 1634 zurückgehe, seien Frauen, Kirchenaustrittler und Zweitwohnsitzler von vornherein von den Spielen ausgeschlossen und nur gebürtige Ammergauer männlichen Geschlechts unter Vorlage ihres polizeilichen Führungszeugnisses überhaupt spielberechtigt gewesen. Andererseits hätten die Boat-People gar nicht erst in den Freistaat einsickern können, wenn die Bundesregierung rechtzeitig den Vorschlägen der Opposition gefolgt wäre und Sammellager an der Grenze eingerichtet hätte, von denen aus die unerwünschten Ausländer im Schnellverfahren ins hinterste Kambodscha hätten abgeschoben werden können; von den dortigen Sterbelagern aus hätten sie dann mit einem Anwalt ihrer Wahl ihren Asylanspruch geltend machen können, denn schließlich lebten wir ja in einem sozialen Rechtsstaat.

Was die angebliche antisemitische Tendenz des Daisenberger-Textes betreffe, fügte der Pressesprecher, an die Adresse eines jüdischen Korrespondenten aus New York gewandt, abschließend hinzu, so seien die Vorwürfe nicht an die Regierung des Freistaats, sondern an die Bibel zu richten. Schließlich könnten die Bayern nichts dafür, daß Jesus von den Juden gekreuzigt worden sei; ihnen wär's lieber gewesen, die Preußen wärn's gewesen. Im übrigen fände er es, nach seiner persönlichen Meinung befragt, geradezu geschmacklos, die Auferstehungsszene mit Lichteffekten zu symbolisieren; ein kräftiges Halleluja wäre voll ausreichend gewesen.

Jammerschoner
Eine Nacherzählung

Am 17. Dezember 1832 landete das britische Forschungsschiff Beagle, eine zum Dreimaster umgebaute Zweimastbrigg, unter dem Kommando von Kapitän Robert Fitzroy, an der Ostküste der Insel Feuerland, in einer von düsteren Bergen eingefaßten Bucht, die mit ihrem sieben Faden tiefen, ruhigen und klaren Wasser einen natürlichen Hafen bildete. An Bord des Schiffes befand sich der dreiundzwanzigjährige Theologiestudent Charles Darwin, ein Neffe des Porzellanfabrikanten Josiah Wedgwood, der auf Fürsprache seines Onkels die Expedition als Naturforscher begleiten durfte. Zunächst hatte Kapitän Fitzroy Bedenken gehabt, den jungen Darwin, der sein Medizinstudium hatte abbrechen müssen, weil er kein Blut sehen konnte, und der zudem an chronischer Seekrankheit litt, auf die beschwerliche Reise mitzunehmen; als Darwins Onkel sich jedoch bereiterklärte, die Kosten für die Überfahrt seines Neffen aus eigener Tasche zu bezahlen, hatte der Kapitän seine Bedenken zurückgestellt, in der Hoffnung, Darwin, der sich auf die Übernahme eines Pfarramtes vorbereitete, werde das auf der Reise gesammelte Anschauungsmaterial dazu benutzen, die Wahrheit der biblischen Schöpfungsgeschichte zu beweisen, die in letzter Zeit von wissenschaftlichen Ketzern angezweifelt worden war. Die Besatzung der Beagle bestand aus sechsunddreißig Matrosen, zwölf Offizieren und Unteroffizieren, sechs Schiffsjungen und zwei Mittschiffsmännern, sowie dem Harpunier Ned Land und dem Missionar Mr. Matthews; außerdem befanden sich drei feuerländische Eingeborene an Bord, die Kapitän Fitzroy von seiner letzten Weltumseglung mitgebracht hatte, um sie in England christlich erziehen zu lassen. Ursprünglich hatte es sich um eine größere Gruppe von Feuerländern gehandelt, die der Kapitän als Geiseln an Bord genommen hatte, zur Strafe für den Verlust eines Landungsbootes, das durch die Unachtsamkeit eines eingeborenen Lotsen an der Küste zerschellt war; die meisten von ihnen waren jedoch unterwegs oder nach der Überfahrt an Kummer und Krankheiten verstorben. Der jüngste der drei, Jemmy Button, so genannt, weil der Kapitän ihn für eine Handvoll Messingknöpfe seiner Mutter abgekauft hatte, war der Liebling der gesamten Mannschaft; durch seine freundliche Hilfsbereitschaft wußte er sich überall an Bord unentbehrlich zu machen. Darwin hatte den zwölfjährigen Knaben ganz besonders in sein Herz geschlossen: er erlaubte ihm, ihn auf seinen botanischen Exkursionen zu begleiten, und hatte ihm sogar einen Schlafplatz in seiner Kajüte eingeräumt; zum Dank ging Jemmy ihm beim Trocknen und Präparieren der unterwegs gesammelten Pflanzen zur Hand. Wenn Darwin bei rauher See seekrank in seiner Kajüte lag, kauerte Jemmy wie ein treuer Hund am Fußende seiner Koje und wich tagelang nicht von seiner Seite. Er sprach fließend englisch und hatte außerdem beim Landgang in Rio und Montevideo ein paar Brocken spanisch und portugiesisch gelernt. Im Gegensatz zu seiner Schwester Fuegia Basket, die aus Schüchternheit oder Verlegenheit nie ein Wort sprach, und zu seinem Onkel York Minstrel, dessen finstere Miene sich nur aufhellte, wenn sein Blick auf Fuegia fiel, die er sich zur Braut ausersehen hatte, war Jemmy immer guter Laune und stets zu Späßen aufgelegt. Er wusch sich und betete mehrmals am Tag und wichste jeden Morgen laut pfeifend Darwins Stiefel, so lange, bis sein lächelndes Gesicht sich auf dem blankgeputzten Leder spiegelte. Mit dem scharfen Blick und dem sicheren Instinkt des Wilden konnte er in großer Entfernung vorbeisegelnde Schiffe wahrnehmen, noch ehe ihre Mastspitzen den gekrümmten Horizont durchstachen. Wie bei den meisten Eingeborenen aber blieben seine geistigen Fähigkeiten weit hinter seinen körperlichen Anlagen zurück: obwohl er seine Heimat bereits im Alter von sechs Jahren verlassen hatte und nur noch eine undeutliche Erinnerung an sie besaß, behauptete er steif und fest, in Feuerland gäbe es größere Schiffe, höhere Häuser, breitere Straßen und prächtigere Kirchen und Paläste als in England. Trotzdem schien er es keineswegs eilig zu haben, in sein Vaterland zurückzukehren.

Nachdem die Beagle in der geschützten Bucht vor Anker gegangen war, erhielt Darwin von Kapitän Fitzroy die Erlaubnis, am nächsten Morgen auf eigene Gefahr an Land zu gehen, um geographische Messungen vorzunehmen und Pflanzen- und Gesteinsproben zu sammeln. Es war das erste Mal, daß Darwin den Fuß an diese entlegene Küste setzte; der Blick auf die von Hagelschauern aufgepeitschte See und die von drohenden Regenwolken verhangenen Berge ließ ihn nichts Gutes erhoffen; noch lange nach Mitternacht wälzte er sich schlaflos in seiner Koje und lauschte auf das Ächzen der Planken, das Knirschen der Taue und das Quieken der Ratten im Schiffsbauch, das vom Heulen des Sturms und vom Stakkato der Wellen schauerlich untermalt wurde.

2

Am nächsten Morgen erhob sich Darwin in aller Frühe und ruderte in einem Beiboot an Land. Obwohl der Missionar, Mr. Matthews, ihm angeboten hatte, ihn auf der gefahrvollen Exkursion zu begleiten, machte sich Darwin allein auf den Weg, um sich ungestört seinen Naturstudien widmen zu können. Ganz Feuerland besteht aus einem einzigen, ringsum vom Meer umschlossenen, von Wind und Wellen zerfressenen Gebirgsmassiv, das langsam im Ozean zu versinken scheint, so daß der Reisende, anstelle von Tälern und Schluchten, immer neue Fjorde und Buchten vor sich sieht. Die Berge an der Ostküste sind mit immergrünen Wäldern bedeckt, die in tausend Fuß Höhe in alpine Kräuter und Flechten und später in ewigen Schnee übergehen, der an einigen Stellen der Magellanstraße bis auf dreitausend Fuß hinabreicht. Der Boden, sofern er nicht das ganze Jahr über gefroren ist, besteht aus glitschigem Torf; im Innern der Wälder verwandelt er sich in einen sumpfigen Morast, in den der Wanderer bis zu den Knien, oft sogar bis zu den Hüften einsinkt. Um festen Boden unter den Füßen zu haben, folgte Darwin dem Lauf eines Gebirgsflusses, der um diese Jahreszeit nur wenig Wasser führte und durch aufgehäuftes Geröll einigermaßen passierbar geworden war. Obwohl er sich äußerst umsichtig vorwärtsbewegte, wurde sein Aufstieg immer wieder durch herabgestürzte Felstrümmer und entwurzelte Bäume behindert, die er nur kriechend, auf allen Vieren, überqueren konnte. Der Anblick der düsteren Waldschlucht mit ihren bemoosten Findlingen und langsam vermodernden Baumriesen entschädigte ihn für die Mühsal des Marsches. Der Wald ringsum war übersät von Spuren einer elementaren Gewalt, die, wie schlecht vernarbte Wunden, von kosmischen Katastrophen kündeten: als hätte ein zürnender Zyklop, wütend über die Unvollkommenheit der von ihm erschaffenen Welt, sein eigenes Werk verwüstet. Der dumpfe Modergeruch, die grüne Dämmerung und die beklemmende Stille ringsum erinnerten Darwin an eine unterirdische Gruft: der Tod, und nicht das Leben, schien sein Zepter über dieser öden Landschaft zu schwingen. Der steil ansteigende Weg führte durch einen dichten Wald patagonischer Buchen, *fagus betuloides,* deren schmutzigbraunes Laub den grauen Himmel mit seinen niedrig ziehenden Wolken dem Blick entzog. Der ständige Oststurm, der jahraus, jahrein über diese Küste hinwegfegt, war im Schutz der Buchen nur noch als schwaches Brausen zu vernehmen; der Wald ging nach und nach in niedriges Buschwerk über, das ähnlich einer künstlichen Buchsbaumhecke ein natürliches Bollwerk bildete, auf dem Darwin wie auf einem schwankenden Teppich auf den Knien vorwärtsrutschte, bis er eine von Sturm und Regen gepeitschte Hochebene erreichte, die ihrerseits bald in kahlen Felsen überging; von hier aus führte ein von Guanakos ausgetretener Saumpfad durch Schnee und Eis bis zum Gipfel, der die geographische Wasserscheide zwischen Atlantik und Pazifik markierte. Der Ausblick, der sich ihm nun bot, übertraf Darwins kühnste Erwartungen: während die Atlantikküste von schwarzen Sturmwolken verhüllt war, in deren Schoß sich neue Unwetter zusammenbrauten, lag die blaue Fläche des Pazifik, von keinem Windhauch gekräuselt, von einer freundlichen Mittagssonne beschienen, glatt vor ihm, als wolle er seinem Namen »Stiller Ozean« alle Ehre machen.

In den gewaltigen Anblick vertieft, blieb Darwin stumm stehen. Raum und Zeit versanken, alle kleinlichen Gedanken glitten wie Staub von ihm ab. Er wußte nicht mehr, wie lange er so still sinnend verharrt war; als er endlich, wie aus einem schweren Traum erwachend, aufblickte, war das Wetter umgeschlagen: der Pazifik lag unter dunklen Wolken verborgen, während der Atlantische Ozean, von lieblichen Bergen und Tälern umrahmt, sich von seiner freundlichsten Seite zeigte. Mit bloßem Auge konnte Darwin die Beagle erkennen, an deren Besanmast in diesem Augenblick eine Signalflagge hochgezogen wurde; es war Zeit zum Aufbruch, Darwin durfte nicht länger säumen. Nicht weit von hier war vor über fünfzig Jahren Dr. Solander, ein Schüler des unsterblichen Linnaeus, vom Schneesturm überrascht ums Leben gekommen. Darwin zog seinen Geologenhammer aus dem Rucksack und verankerte mit wenigen wuchtigen Schlägen die britische Fahne im steinhart gefrorenen Boden, dem er sogleich eine Probe entnahm; vom Knattern der Fahne begleitet, sprach er ein kurzes Stoßgebet, in dem er dem Schöpfer für die ihm zuteil gewordene Gnade dankte, schulterte sein Gepäck und stieg, von erhabenen Gedanken beflügelt, den Berg hinab, der Küste entgegen, an der ihn Jemmy Button mit dem Beiboot erwartete. Noch vor Einbruch der Dunkelheit traf Darwin an Bord der Beagle ein, wo er im schwankenden Schein der Schiffslampe bis tief in die Nacht hinein die unterwegs gesammelten Pflanzen und Mineralien klassifizierte.

3

Am nächsten Morgen stach die Beagle noch vor Sonnenaufgang in See und umsegelte, vom Ostwind vorangetrieben, gegen vier Uhr nachmittags Kap Horn, das sich, wie üblich, von seiner unfreundlichsten Seite zeigte: Sturmböen türmten die Wogen zu furchterregender Höhe auf, pechschwarze Wolken rollten den bleigrauen Himmel entlang, und nur wenn er die Augen zusammenkniff, sah Darwin im Westen das Vorgebirge des gleichnamigen Kaps, wie die Hörner eines im Nebel lauernden Stiers, den milchigen Dunst durchstechen. Das unwirtliche Kap schien seinem Ruf als windumtoste Wetterecke alle Ehre machen zu wollen: eiskalter Regen peitschte den auf der Brücke versammelten Offizieren ins Gesicht, und der Sturm steigerte sich zu solcher Stärke, daß Kapitän Fitzroy es vorzog, die Beagle in den nächstgelegenen Fjord einfahren zu lassen, wo sie im Schutz eines mächtigen Berges vor Anker ging, dessen schneebedeckter Gipfel sich über ihr in den Wolken verlor. Das Toben des Sturmes war hier nur noch als fernes Tosen zu hören; Robben und Pinguine promenierten auf dem steinigen Ufer hin und her, zwischen Pyramiden von Austernschalen, auf denen wilder Sellerie wuchs, eine willkommene Abwechslung für die Männer der Beagle, die seit Monaten kein frisches Gemüse mehr gegessen hatten. In dieser Bucht nur wenige Seemeilen westlich von Kap Horn, die Darwin aufgrund ihrer geschützten Lage Wigwam-Bay nannte, feierte die Besatzung der Beagle Weihnachten. Der Kapitän ließ eine Extraration Rum an die Matrosen ausgeben; die Offiziere tranken Punsch und aßen Möweneier, die Jemmy Button unter Einsatz seines Lebens aus den hochgelegenen Nestern an der Steilküste gesammelt hatte; anschließend wurde Bridge gespielt und Wetten über den genauen Zeitpunkt der Heimkehr nach England abgeschlossen; das Absingen der Nationalhymne und ein militärisch knappes, aber tiefempfundenes Dankgebet beschloß das Fest, das wohl selten in einem entlegeneren Weltwinkel mit größerer Inbrunst gefeiert worden ist.

Am ersten Weihnachtsfeiertag ging Darwin zusammen mit dem Missionar, Mr. Matthews, an

Land, um die Hütten der Eingeborenen näher in Augenschein zu nehmen, die er von Bord der Beagle aus mit dem Fernrohr erspäht hatte. Es waren primitive Wickiups, wie sie die Wilden auf ihren Streifzügen entlang der Küste errichten, um sie nach ein paar Tagen, wenn ihre Nahrungsmittelvorräte erschöpft sind, wieder zu verlassen.

Diese Wickiups bestehen aus ein paar abgebrochenen Stöcken, die einfach in den Boden gesteckt und mit Zweigen und Strauchwerk notdürftig verstärkt werden, so daß sie gegen die Unbilden der Witterung nicht den geringsten Schutz bieten; sie sind nur für eine einzelne Person bestimmt, zumeist den Familienvater, der sich hier, wie ein Hase in seiner offenen Mulde, zum Schlaf niederlegt, schutzlos dem in diesen Breiten häufigen Schnee und Regen ausgesetzt. Während Darwin die verlassenen Hütten inspizierte und in der erkalteten Asche eines Herdfeuers nach Überresten kannibalischer Mahlzeiten stocherte, schoß der Missionar mehrere Königspinguine, die sich ihm arglos genähert hatten; einen der Vögel machte er Darwin zum Geschenk, der ihn von Jemmy ausstopfen ließ, während die übrigen Pinguine in die Kombüse wanderten, um den Küchenzettel der Offiziere zu bereichern; ihr Fleisch schmeckte jedoch dermaßen tranig, daß selbst die Mannschaften es verschmähten, die seit Monaten kein frisches Fleisch mehr genossen hatten.

Als Darwin am nächsten Morgen zusammen mit Jemmy und dem Missionar noch einmal an Land ruderte, um Robben zu jagen, begegneten ihnen zwei Kanus mit Eingeborenen, die im flachen Wasser der Bucht nach Muscheln tauchten. Der Anblick dieser mit Federn und Fellfetzen ausstaffierten Wilden gehörte zum Erbärmlichsten, was Darwin, der in dieser Hinsicht manches gewohnt war, auf seiner Reise zu Gesicht bekommen hatte: in ihrer abstoßenden Wildheit schienen sie noch unter den Tieren zu stehen, die sich im zweckmäßigen Bau ihres Körpers, ihrem Feder- oder Fellkleid, ihren Nistplätzen und Brutstätten stets auf unübertreffliche Weise der umgebenden Natur anpassen. Der Wortführer der Gruppe, der zugleich ihr Anführer zu sein schien, ein etwa sechs Fuß großer Mann von undefinierbarem Alter, trug einen Kopfschmuck aus Albatrosfedern, der sein fettig verfilztes Haar, auf dem eine Prozession von Läusen promenierte, gnädig den Blicken entzog. Sein Gesicht war von einer feuerroten Narbe verunstaltet, die, in Form eines gekreuzten Einschnitts, von einem Ohr zum andern verlief; Lippen und Augenlider waren mit Muschelkalk weiß gefärbt, das übrige Gesicht aber mit Vogelkot geschwärzt, so daß sein Kopf einem wackelnden Totenschädel ähnlich sah, der auf einem mit Rattenfellen behangenen Skelett balancierte; seine Begleiter waren ähnlich furchterregend kostümiert und tätowiert. Obwohl es an diesem Teil der Küste von Robben und Pinguinen wimmelte, weigerten sich die abergläubischen Eingeborenen, vom Fleisch dieser Tiere zu essen, weil sie befürchten, nach dem Tode in Robben oder Pinguine verwandelt zu werden; eher verspeisen sie in Notzeiten ihre eigenen Kinder, als das verbotene Fleisch eines Pinguins zu sich zu nehmen. Auf Darwins Frage, warum sie nicht lieber ihre Hunde schlachteten, meinte der Häuptling, dessen Worte von Jemmy ins Englische übersetzt wurden, die kleinen Kinder seien zu nichts nütze, während sie ihre treuen Hunde benötigten, um Kinder zu fangen, die sich in Zeiten der Not in den Wäldern versteckt hielten: anschließend würden sie auf kleinen Feuern lebendig geräuchert, um ihr Fleisch haltbarer zu machen. Der Häuptling untermalte seinen Bericht auf schauerliche Weise, indem er komische Grimassen schnitt und den qualvollen Todeskampf der Kinder laut hustend imitierte; dabei bezeichnete er durch Gesten ihre wohlschmeckendsten Körperteile und schnalzte vernehmlich mit der Zunge, als laufe ihm beim Gedanken an solche kulinarischen Genüsse das Wasser im Mund zusammen. Auf Darwins Frage, ob die Feuerländer denn keinerlei Liebe zu ihren Kindern empfänden, entgegnete er lachend, manchmal sei der Appetit größer als die Liebe, und warf begehrliche Blicke auf Jemmy, den er, im Austausch gegen seine Tochter, von Darwin zu kaufen wünschte. Bei diesen Worten deutete der Häuptling mit obszönen Fingerzeigen auf eine junge Frau, die im Bug des Bootes ihr Baby stillte; der Anblick ihrer schneebedeckten Brüste, von denen das Schmelzwasser in breiten Bächen herablief, während gefrorene Hagelkörner ihre nackte Haut peitschten, ließ Darwins Leidenschaft jedoch schnell erkalten, und er erklärte dem Häuptling, der Knabe sei Eigentum des englischen Königs und deshalb unverkäuflich. Trotzdem wäre Darwin den Reizen der kühlen Feuerländerin vielleicht doch noch erlegen, hätte nicht der Missionar, Mr. Matthews, mit gespannter Büchse über die Einhaltung der christlichen Moral gewacht und Jemmy Befehl gegeben, schnellstens zum Mutterschiff zurückzurudern.

Das Geschlecht der Feuerländer, sagte Kapitän Fitzroy zu Darwin, nachdem sie an Bord der Beagle zurückgekehrt waren, das Geschlecht der Feuerländer ist ebenso wie das der Wale und Pinguine von der Natur zur Ausrottung bestimmt. Warum sonst hat der Weltenschöpfer sie so unvollkommen für den harten Kampf ums Dasein ausgerüstet? Obwohl sie Säugetiere sein wollen, können die Wale sich nicht auf festem Land fortbewegen; die Pinguine können mit ihren verstümmelten Flügeln zwar nicht fliegen, aber wenigstens schwimmen, während die Feuerländer weder fliegen noch schwimmen können; ihre Boote sind dermaßen schlecht gebaut, daß sie schon nach wenigen Ruderschlägen Wasser ziehen und im Meer versinken, und mit ihren primitiven Steinschleudern könnten sie nicht einmal einen See-Elefanten auf zehn Schritt Entfernung treffen. Da sie kein Privateigentum besitzen, kennen die Feuerländer auch keine Standesunterschiede, und folglich auch keine Regierung und keine Religion, abgesehen von dem dummen Aberglauben, daß ihre Verstorbenen sich nach dem Tode in Robben oder Pinguine verwandeln. – In dieser Hinsicht, fügte Kapitän Fitzroy schmunzelnd hinzu, unterscheiden sie sich übrigens kaum von den Matrosen der Beagle, von denen viele dem Aberglauben anhängen, die ständigen Stürme vor Kap Horn würden durch die an Bord mitgeführten Feuerländer verursacht. – Aber Spaß beiseite, mein lieber Darwin, fuhr der Kapitän nach einer Pause fort, die Feuerländer sind Menschenfresser und kennen keinerlei Respekt vor den Abgesandten zivilisierter Nationen; sie sehen Schiffbrüchige als Geschenk des Himmels und gefundenes Fressen an. Zur Strafe für ihre Sünden hat Gott das Volk der Feuerländer an diese öde und unwirtliche Küste verbannt. Wir Engländer haben deshalb nicht nur das Recht, sondern die gottverdammte Pflicht, jedem Feuerländer, wo immer und wann immer er uns begegnet, eine Lektion zu erteilen, die er so rasch nicht vergessen soll, weil es seine letzte sein wird, schreiben Sie das ruhig in ihr Reisetagebuch, mein lieber Darwin!

4

Nachdem sie zwei Wochen lang durch schlechtes Wetter in der Wigwambucht festgehalten worden waren, stach die Beagle am Morgen des 31. Dezember in See; Kapitän Fitzroy wünschte, die mitgeführten Feuerländer an den weiter westwärts gelegenen Wohnplätzen ihres Stammes an Land zu setzen. Die Brigg mußte beständig gegen Wind und Wellen kreuzen, die sich mit Donnergetöse an der felsigen Küste brachen; die vom Sturm hochgewirbelte Gischt verdunkelte die Sicht und machte eine Orientierung in der aufgewühlten See unmöglich; einzig ein auf den Flügeln des Sturms segelnder Albatros diente dem Schiff als Lotse. Kurz vor Mitternacht, als sich die Offiziere in der Offiziersmesse versammelt hatten, um den Anbruch des neuen Jahres zu feiern, ging eine schwere See mit solcher Wucht auf Deck nieder, daß der Besanmast umgeknickt wurde und zwei fest verankerte Rettungsboote unrettbar in die Tiefe gerissen wurden; ein fürchterliches Knirschen durchlief den Schiffsbauch vom Bugspriet bis zum Heck und ließ die Beagle bis zur Mastspitze erzittern; sie kam vom Kurs ab und drohte an den leewärts gelegenen Klippen zu zerschellen.

Nur durch die ruhige Besonnenheit des Kapitäns, der den beschädigten Mast von Ned Land unter Einsatz von dessen Leben kappen ließ, wurde die Katastrophe vermieden; die Beagle richtete sich wieder auf und gab einen lauten Seufzer von sich, wie ein treuer Hund, dem das beherzte Eingreifen seines Herrn das Leben gerettet hat; sie lief mit geschwellten Segeln vor den Wind und ging kurz darauf in siebenundvierzig Faden tiefem Wasser vor Anker, wobei die Ankerwinde einen prasselnden Funkenregen von sich gab, als wolle sie auf diese Weise ihre Dankbarkeit für die glückliche Rettung bezeugen.

Am nächsten Morgen ließ der Kapitän den tückischen Albatros, der sein Vertrauen so schändlich mißbraucht hatte, von Mr. Matthews erschießen. Der falsche Vogel fiel, von der Kugel des Missionars getroffen, tot auf Deck nieder und wurde zur Feier des Neujahrstages, in Sellerie gedünstet, den Matrosen vorgesetzt, die sich jedoch weigerten, davon zu essen, weil sie dem Albatros übersinnliche Fähigkeiten zuschrieben und seinen Tod als böses Omen ansahen; selbst die durch die Schiffsküche der Beagle keineswegs verwöhnten Feuerländer verschmähten die ungewohnte Speise. Durch die Ausschaltung des Übeltäters schien jedoch das schlechte Wetter ein für alle Mal gebannt; bei ruhiger See und strahlendem Sonnenschein setzte die Brigg ihre

Fahrt fort, wobei ihr eine Herde Seelöwen prustend das Geleit gab.

Nach drei Tagen kam die Mündung des von Kapitän Fitzroy auf seiner letzten Reise entdeckten Beagle-Kanals in Sicht, bei dem es sich in Wirklichkeit nicht um einen Kanal, sondern um eine Meerenge handelte, welche die Südspitze von Feuerland schnurgerade von Ost nach West durchschneidet; an ihrem westlichen Ende erweitert sie sich zu einem natürlichen Hafen, an dem sich die Fischgründe von Jemmy Buttons Stamm befanden. Um die Fahrt zu den Wohnsitzen der Wilden abzukürzen, wurden vier Walfangboote zu Wasser gelassen und mit achtundzwanzig Matrosen bemannt, die drei Eingeborenen nicht mitgerechnet. Kapitän Fitzroy leitete persönlich das wagemutige Unternehmen, das durch bislang unerforschtes Gelände führte, welches noch keines Weißen Fuß betreten hatte; in ihren offenen Booten waren die Männer der Beagle möglichen Angriffen von seiten der Wilden, die sich hinter turmhohen Klippen verschanzen konnten, schutzlos ausgeliefert. Die Mannschaften verkürzten sich die Zeit mit Baden und Angeln, während die kleine Flotte, von einer sanften Strömung getrieben, auf dem von einer milden Januarsonne beschienenen Wasser dahinglitt; Darwin stellte hydrographische Messungen an, indem er sein Senkblei in regelmäßigen Abständen in das von Myriaden von Kleinstlebewesen belebte, kristallklare Wasser hinabsenkte und sein Auge am prachtvollen Farbenspiel der Quallen und Seeanemonen erfreute. Unterdessen suchte Kapitän Fitzroy unermüdlich mit dem Fernrohr die schroffen Felsklippen nach feindlichen Spähern ab, während Mr. Matthews mit gespannter Büchse auf der Lauer lag. Gegen Abend landete die kleine Flotte an einer baumbestandenen Insel, wo die Männer ihre Zelte aufschlugen und die unterwegs gefangenen Fische am Lagerfeuer brieten. Im Schein der Abendsonne tanzten die ersten Mücken, die am Ufer vertäuten Boote schaukelten leise im Abendwind, der Rauch des Lagerfeuers strich niedrig unter den Bäumen hin und ein würziger Duft nach gebratenem Fisch erfüllte die Luft; fast hätte man sich in gemäßigtere Breiten versetzt können glauben, wenn nicht nach Einbruch der Dunkelheit an mehreren Punkten der felsigen Klippen Leuchtfeuer aufgeflammt wären, mit denen die Feuerländer einander die Nachricht von der Ankunft der Fremden signalisierten. Dazu war ein monotoner Gesang zu hören, der sich mit rollendem Echo zwischen den steilen Felswänden brach, was Darwin an den Chor der Waldteufel in der Oper »Freischütz« erinnerte, die er kurz vor seiner Abreise in London besucht hatte; noch lange nach Mitternacht, als der Gesang längst verstummt war, hallten seine schaurigen Töne in den Ohren der Schlafenden wider.

5

Am nächsten Morgen erblickte Darwin, als er zusammen mit Mr. Matthews das umliegende Gelände rekognoszierte, auf einem überhängenden Felsen eine Gruppe von vier oder fünf Feuerländern, die hier in schwindelerregender Höhe wilde Luftsprünge vollführten und drohend ihre Speere schwangen; die gellenden Schreie, die sie dabei ausstießen, ließen es den beiden Männern ratsam erscheinen, den Rückzug anzutreten. Obwohl Mr. Matthews mehrere Warnschüsse abgab, ließen sich die Wilden nicht von ihrem Beobachtungsposten vertreiben; sie folgten vielmehr der Flotte in sicherem Abstand, wobei sie geschickt wie Gemsen von einer Felsklippe zur andern sprangen. Als die Boote gegen Mittag in einer kleinen Bucht landeten, kamen sie mißtrauisch näher, ohne ihre Speere und Steinschleudern aus der Hand zu legen, und sahen den Männern der Beagle beim Mittagessen zu. Die Wilden waren nackt und in voller Kriegsbemalung; im Gegensatz zu den Einwohnern der Ostküste, die mit Federn und Fellfetzen notdürftig ihre Blöße bedeckten, trugen sie nichts am Leib außer einem winzigen Lederlappen, der ihre Geschlechtsteile mehr zur Schau stellte als verhüllte. Der Kapitän winkte ihnen, näher zu kommen; mit heißem Tee war rasch das Eis gebrochen, und die Wilden machten sich mit Heißhunger über die ihnen angebotenen Speisen her. Besonders die Biskuits hatten es ihnen angetan, während ihnen das kalte Salzfleisch, welches die Offiziere verzehrten, Ausrufe des Abscheus entlockte, da sie es für die eingepökelten Überreste ihrer nach England verschleppten Kameraden hielten. Auch beim Essen legten die Wilden ihre Waffen nicht aus der Hand; und als der Kapitän ihrem Häuptling, zum Zeichen der Unterwerfung seines Stammes unter die Oberhoheit der englischen Krone, eine Nachbildung der britischen Flagge um den Hals knüpfen wollte, riß dieser sich das Fahnentuch mit edlem Unwillen vom Leibe und versuchte statt dessen, dem Kapitän seinen fettigen Kopfputz aus Otterschwänzen aufzunötigen, was dieser jedoch, aus Angst vor Läusen, dankend ablehnte. Anschließend begrüßte der Häuptling alle anwesenden Offiziere, indem er jeden von ihnen umständlich umarmte; diese Freundschaftsbezeugung wurde mehrmals wiederholt und am Ende durch Schläge auf Brust und Rücken besiegelt. Nach Abschluß der Zeremonie gab der Häuptling ein zufriedenes Grunzen von sich, welches Darwin an den Lockruf erinnerte, den sein Onkel Josiah bei der Entenjagd auszustoßen pflegte, wie überhaupt die Sprache der Feuerländer nur aus schlecht nachgeahmten Tierlauten zu bestehen schien. Inzwischen hatten auch die vier Begleiter des Häuptlings Zutrauen zu den Fremden gefaßt und gaben durch Fingerzeige zu verstehen, welche Gegenstände sie als Geschenke zu erhalten wünschten; dabei murmelten sie immerzu ein und dasselbe Wort »Jammerschoner«, das sie von holländischen Kauffahrern gelernt haben müssen, und das in ihrer Sprache soviel wie Bakschisch oder Trinkgeld bedeutet. Besonders die Messingknöpfe der Offiziersuniformen hatten es ihnen angetan, und Mr. Matthews hatte größte Mühe, einen zudringlichen Liebhaber abzuwehren, der sich an den Knöpfen seiner Hose zu schaffen machte. Anscheinend hielt der Wilde den Missionar, trotz seiner Flinte und seines langen Bartes, für eine Frau und ließ sich auch durch Warnschüsse nicht eines Besseren belehren. Da sie nie zuvor Bekanntschaft mit Feuerwaffen gemacht hatten, hielten die Feuerländer ihre Wurfspeere und Steinschleudern für weitaus wirkungsvollere Waffen als die Gewehre der Engländer. Der Kapitän gab deshalb Mr. Matthews die Erlaubnis, seinen feurigen Verehrer, der erneut an den Hosenknöpfen des Missionars nestelte und ihn jetzt sogar von hinten zu küssen versuchte, durch einen gezielten Schuß außer Gefecht zu setzen. Die übrigen Feuerländer erschraken jedoch mehr über den Pulverblitz als über die blutende Wunde ihres Kameraden, der sich mit schmerzverzerrtem Gesicht am Boden wälzte, da sie zwischen dem Abfeuern des Gewehrs und der Verletzung keinen Zusammenhang zu sehen vermochten. Erst als Ned Land auf Befehl des Kapitäns dem Verwundeten mit seiner Harpune den Gnadenstoß gab, zeigten sie mehr Respekt, und ihr Häuptling äußerte den Wunsch, die Harpune im Austausch gegen seinen Speer von Ned zu erwerben. Kapitän Fitzroy zog es jedoch vor, die Begegnung vorzeitig abzubrechen, da die achtundzwanzig Engländer sich von den fünf mit Spießen und Steinen bewaffneten Feuerländern bedroht fühlten; vielleicht stand ihm das Schicksal Kapitän Cooks warnend vor Augen, der von Südsee-Insulanern in einen Hinterhalt gelockt und heimtückisch ermordet worden war. Während die Boote sich mit raschen Ruderschlägen vom Schauplatz des gefährlichen Treffens entfernten, gellten den Männern noch lange die Wutschreie der Wilden in den Ohren, die erst jetzt entdeckt hatten, daß einer der ihren einem Mordanschlag zum Opfer gefallen war, und die fliehenden Schiffe von überhängenden Felsen aus mit einem Hagel von Steinen überschütteten, von denen einer Mr. Matthews am Kopf traf, aber nur vorübergehend betäubte; zum Glück hatte Darwins Botanisiertrommel, in der er die auf der Reise gesammelten Naturalien aufbewahrte, bei dem Bombardement keinen Schaden genommen.

6

Nach einer ruhigen Nacht, die sie im Niemandsland zwischen zwei miteinander verfeindeten Stämmen ungestört verbrachten, setzte die Expedition ihre Fahrt durch den Beagle-Kanal fort. Links und rechts der schmalen Wasserstraße stiegen steile Felswände hoch, die sich terrassenförmig verjüngten und bis zu einer Höhe von zweitausend Fuß mit Birkenwäldern bewachsen waren; die Baumgrenze, oberhalb derer der nackte Fels begann, bildete einen wie mit der Schnur gezogenen Strich, ähnlich der von angeschwemmtem Seetang markierten Flutlinie an der englischen Küste. Den ganzen Tag über wurden die Boote von zwei verliebten Buckelwalen begleitet, die sich vor den Augen der Männer unbekümmert paarten, wobei sie merkwürdig menschenähnlich klingende Brunstschreie ausstießen. Auf Befehl des Kapitäns, der von dem Liebesspiel negative Auswirkungen auf die Moral der Mannschaft befürchtete, machte Ned Land dem obszönen Treiben mit zwei gezielten Würfen seiner Harpune ein Ende. Die verwundeten Tiere spien eine meterhohe Fontäne von Blut in die Luft, aber obwohl sich das Wasser in einem Umkreis von mehreren hundert Yards rot färbte, blieben sie unauffindbar, sehr zum Leidwesen des Kapitäns, der dringend Tran für die Schiffslampen der Beagle benötigte und aus dem Fischbein der Wale ein Korsett für seine in London lebende Frau anfertigen lassen wollte, während Darwin von der Untersuchung ihrer Skelette wichtige Aufschlüsse über die Abstammung der Seesäugetiere erhofft hatte.

Bei Einbruch der Dämmerung gingen sie auf einer von Weiden bestandenen Halbinsel an Land, wo mehrere Abgesandte von Jemmys Stamm sie erwarteten; die Wilden zitterten vor Erschöpfung und bluteten aus Mund und Nase, da sie den ganzen Tag über im Eiltempo gerannt waren, um die Flotte, deren bevorstehende Ankunft ihnen durch Signalfeuer gemeldet worden war, an der Grenze ihres Stammesgebiets willkommen zu heißen. Zur Begrüßung überreichten sie dem Kapitän einen Korb mit Möweneiern und verlangten als Gegengabe, Branntwein zu trinken, ein Wunsch, dessen Erfüllung der Kapitän geschickt zu umgehen wußte. Er ließ ein Feuer anzünden und Tee kochen, den die Feuerländer, im Glauben, es handle sich um das begehrte Feuerwasser, eimerweise tranken, wobei ihnen der Schweiß in breiten Bächen von den mit roter und schwarzer Farbe bemalten Körpern lief, während die Engländer, frierend trotz ihrer warmen Kleidung, enger ums Feuer zusammenrückten. Der Harpunier zog seine Maultrommel aus der Tasche, der Missionar spielte Mundharmonika, und es wurden Seemannslieder angestimmt, in welche die Wilden mit ihrer angeborenen Musikalität rasch einfielen. Obwohl sie fast immer den richtigen Ton trafen und die Wörter der fremden Sprache erstaunlich gut imitierten, hinkten sie stets im Takt hinterher, so daß der vielstimmige Gesang eher einem Kanon als einem Chor ähnelte. Das letzte, was Darwin vor Augen stand, als er sich unter den herabhängenden Zweigen einer Trauerweide zum Schlaf niederlegte, war die hagere Gestalt von Ned Land, der, auf seine Harpune gestützt, unter dem Kreuz des Südens Wache hielt, während die Feuerländer, vom Tee berauscht, in wilder Unordnung kreuz und quer durcheinanderlagen.

Am nächsten Morgen hatte sich eine größere Anzahl von Kanus eingefunden, die, unterwegs verstärkt durch zahlreiche Neugierige, welche winkend am Ufer zusammenströmten, der Flotte bis nach Wulaia das Geleit gab. Schon von weitem scholl den Engländern das verhaßte Wort »Jammerschoner« entgegen, das sie von nun an in allen Tonarten, je nachdem flehend oder drohend, Tag und Nacht begleiten sollte. Beim Verlassen der Boote wurden sie dermaßen von Neugierigen bedrängt, daß Darwin keinen Schritt tun konnte, ohne bestohlen zu werden; und erst nachdem Mr. Matthews einen seiner bewährten Warnschüsse abgegeben hatte, ging die Menge auf Distanz. Kein Zweifel, Jemmy Button befand sich wieder auf heimischem Boden, wo er jeden Felsbuckel und jede Erdmulde, jeden Grashalm und jeden Strauch wie seine Westentasche kannte; als er jedoch seiner alten Mutter gegenüberstand, die er vor sechs Jahren zum letzten Mal gesehen hatte – der Vater war in der Zwischenzeit an den von den Engländern eingeschleppten Pocken verstorben – hatte er plötzlich jede Erinnerung an seine Muttersprache verloren und redete sie zuerst auf englisch und dann, als sich kein Anzeichen von Verständnis auf ihrem Gesicht zeigte, auf spanisch und portugiesisch an. Als auch dies nichts fruchtete, wandte er sich achselzuckend ab mit den Worten: »No sabe nothing!«, während seine Mutter kopfschüttelnd ihre Arbeit wieder aufnahm. Auch York Minstrel und Fuegia Basket vermochte die Rückkehr zu ihrem Stamm keine besondere Gefühlsregung zu entlocken: Fuegia begann sofort, Netze zu flicken, als habe sie nie etwas anderes getan, während sich York Minstrel hochmütig mit seinem karierten Taschentuch die Nase schneuzte und dabei von seinen Stammesgenossen nicht mehr Notiz nahm als ein Droschkenpferd, das aus der Stadt in den heimischen Stall zurückkehrt.

Wulaia, der Wohnsitz des Tekenikastammes, liegt im äußersten Südwesten Feuerlands, am Zusammenfluß des Beagle-Kanals mit der Murray-Meerenge, die hier einen das ganze Jahr über eisfreien Hafen bildet. Das Dorf selbst besteht aus einer Ansammlung von aus Treibholz gezimmerten Hütten am Fuß eines mit wilden Beeren bewachsenen Hügels, dessen günstige geographische Lage Kapitän Fitzroy den Plan fassen ließ, an dieser Stelle eine Missionsstation zu errichten, um von hier aus ganz Feuerland, vom Atlantik bis zum Pazifik, zu einer britischen Musterkolonie umzugestalten. Der Fischreichtum des umliegenden Meeres, meinte der Kapitän zu Darwin, während sie, von bettelnden Kindern und kläffenden Hunden umringt, einen Rundgang durch das Dorf machten, sowie der Holzreichtum seiner Wälder machen dieses Land für eine Besiedlung mit Sträflingen und Prostituierten ganz besonders geeignet; das rauhe Klima würde für eine natürliche Auslese unter den europäischen Einwanderern sorgen, während die von diesen eingeschleppten Krankheiten, unterstützt von Feuerwaffen und Feuerwasser, die Kopfzahl der Feuerländer auf ein erträgliches Maß reduzieren würde. Außerdem, fügte der Kapitän nach einem versonnenen Blick auf die ringsum wuchernden Beerensträucher hinzu, könnte man aus diesen Beeren hier einen Wacholderschnaps brennen, der den besten walisischen Sorten in nichts nachstehen würde. Wenn Sie klug sind, mein lieber Darwin, dann erwerben Sie auf der Stelle einen Aktienanteil an meiner neugegründeten Kolonie, die in wenigen Jahren einen so ansehnlichen Profit abwerfen wird, daß ich meinen Kapitänsrock an den Nagel hängen und Sie Ihre

Botanisiertrommel in die Ecke schmeißen können, um uns ganz unserer heimlichen Leidenschaft, dem Bridgespiel, zu widmen!

Noch am gleichen Tag begann der Kapitän, seine enthusiastischen Ideen in die Tat umzusetzen. Er gründete eine Aktiengesellschaft, für die die Offiziere der Beagle als Teilhaber zeichneten, während der Missionar, Mr. Matthews, als Treuhänder und Notar fungierte; das notwendige Kapital entnahm er der Schiffskasse, mit dem Versprechen, es nach der Rückkehr in England mit Zins und Zinseszins wiederzuerstatten. Am nächsten Morgen bei Sonnenaufgang begannen die Feuerländer, Bäume zu fällen und Land urbar zu machen; ihre Frauen und Kinder wurden als Zugvieh vor die Pflüge gespannt, wobei Mr. Matthews sie mit der Bibel in der Hand zur Eile antrieb; Jemmy Button übersetzte die Anweisungen des Missionars ins Feuerländische, während Ned Land mit geschulterter Harpune über die Einhaltung der Arbeitsdisziplin wachte. Die Wilden beugten sich willig unters Joch, in der Hoffnung, am Abend mit einem Becher Tee und etwas Schiffszwieback für ihre Mühe entlohnt zu werden. Nach wenigen Stunden war jedoch ihr Arbeitseifer erlahmt und auch durch Drohungen und gute Worte nicht mehr anzufachen, bis der Kapitän auf den rettenden Einfall verfiel, den Feuerländern an Stelle von Tee mit Wasser verdünntes Feuerwasser auszuschenken und sie mit Musik zu schnellerem Arbeiten anzuspornen. Innerhalb kürzester Zeit wuchs so, zu den Klängen von »God Save the King« und »Rule Britannia«, eine Holzkirche aus dem jungfräulichen Boden; zur Abschreckung wurde auf dem Vorplatz der Kirche ein Galgen gezimmert, an dem noch am gleichen Tag ein auf frischer Tat ertappter Dieb, der mehrere Messingknöpfe gestohlen hatte, seiner gerechten Bestrafung zugeführt wurde; daneben entstand das mit allem Lebensnotwendigen zweckmäßig ausgestattete Wohnhaus des Missionars.

Schon nach einer Woche konnte Richtfest gefeiert werden; der Kapitän ließ eine doppelte Ration Rum an die Matrosen und doppelt verdünntes Feuerwasser an die Feuerländer ausgeben; die Mannschaften sangen patriotische Lieder und, vom Beifall der Offiziere begleitet, stieg die britische Flagge am Fahnenmast empor, um das ehrgeizige Zivilisationswerk zu krönen.

7

Nachdem alle notwendigen Vorkehrungen für den persönlichen Schutz von Mr. Matthews getroffen waren – zur Abwehr feindlicher Angriffe ließ der Kapitän die Missionsstation mit einem doppelten Ring von Palisaden umgeben – schickte Fitzroy die übrigen Boote mitsamt ihrer Besatzung zum Mutterschiff zurück und brach, nur von Ned Land und Darwin begleitet, zu einer Erkundungsfahrt an die westliche Küste auf. Das Wetter zeigte sich von seiner besten Seite und, eskortiert von Seeottern und Pinguinen, unter denen Neds Harpune blutige Ernte hielt, erreichten sie bei strahlendem Sonnenschein die Küste des Stillen Ozeans, die Darwin schon drei Wochen zuvor vom Gipfel des später nach ihm benannten Mount Darwin aus erblickt hatte. In einem ausgetrockneten Flußbett schlug die kleine Expedition ihre Zelte auf; im Gegensatz zu felsigem oder sandigem Boden, auf dem die Männer manch schlaflose Nacht verbracht hatten – der harte Fels rieb im Schlaf die Gelenke wund, während der feuchte Sand beim Aufwachen zwischen den Zähnen knirschte –, schmiegten sich die von Wind und Wellen geschliffenen Kiesel unmerklich der Körperform an, so daß sie, wie auf Daunen gebettet, rasch einschliefen. Darwin hatte die letzte Wache; noch nie auf seiner langen Reise war ihm so deutlich zum Bewußtsein gekommen, in welch entlegenem Teil der Welt er sich befand. Ringsum herrschte tiefe Stille, die nur ab und zu durch den krächzenden Schrei eines Nachtvogels oder das ferne Gebell eines Seehundes unterbrochen wurde. Aus dem dunklen Zelt waren die regelmäßigen Atemzüge des Harpuniers zu hören, während der Kapitän sich, von Schlaflosigkeit gepeinigt, in seinem Schlafsack wälzte. Erhabene

Gedanken durchzogen Darwins Seele, während er zu dem bleichen Mond aufblickte, der sich langsam dem dunklen Horizont zuneigte; ihm war, als spüre er, wie sich unter seinen Füßen die Erde drehte. Fröstelnd kroch er in seinen Schlafsack und legte sich in dem niedrigen Zelt zum Schlaf nieder.

Darwin träumte von der Seeschlacht von Trafalgar. Er stand neben Admiral Nelson auf der Brükke, die im gleichen Augenblick, von einer feindlichen Kanonenkugel getroffen, unter seinen Füßen zerbarst. Der Admiral sank leblos in seine Arme; als er den schweren Leichnam zur Seite gewälzt hatte, bemerkte Darwin, an sich herabblickend mit Schrecken, daß er anstelle der Beine nur noch zwei blutige Stümpfe besaß. Er wollte laut um Hilfe rufen, aber es war zu spät; eine zweite Kanonenkugel hatte den Schiffsrumpf durchschlagen; eine schwere Eichenplanke legte sich über ihn und drückte ihn ins eiskalte Wasser hinab.

Ohrenbetäubender Donner riß ihn aus seinem Traum. Das Zelt schwankte; im ersten Augenblick dachte Darwin an ein Erdbeben oder einen Vulkanausbruch; es dauerte mehrere Sekunden, ehe er im ungewissen Licht der Morgendämmerung die Ursache des seltsamen Naturphänomens erkannt hatte. Der Gletscher auf der gegenüberliegenden Seite der Bucht »kalbte«: ein überhängender Eisbrocken hatte sich aus seiner Verankerung gelöst und drohte, ins Meer zu stürzen. Ein fürchterliches Knirschen war zu hören, und der Eisberg, in dem die Beagle mitsamt ihrer Besatzung bequem Platz gehabt hätte, fiel polternd ins Wasser. Eine schäumende Flutwelle lief quer durch die Bucht. Darwin war als erster auf den Beinen, um das am Ufer vertäute Boot zu retten, dessen Verlust das Ende der Expedition bedeutet hätte. Mit knapper Not erreichte er das Boot, das im gleichen Augenblick von der Woge erfaßt wie eine Nußschale emporgeschleudert wurde; Darwin wäre mitsamt dem Boot unrettbar in den Wellen versunken, hätte nicht Ned Land die drohende Gefahr erkannt und geistesgegenwärtig zu seiner Harpune gegriffen: der stählerne Schaft bohrte sich tief in die Bordwand, und mit vereinten Kräften gelang es Ned und dem Kapitän, das leckgeschlagene Boot mit Darwin an Bord ans sichere Ufer zu ziehen. Während Darwin im Schein der aufgehenden Sonne seine nassen Kleider trocknete und Ned das beschädigte Boot notdürftig reparierte, taufte Kapitän Fitzroy die Bucht, zur Erinnerung an die mutige Tat, der die drei Männer ihr Leben verdankten, auf den Namen »Fitzroy-Bay«.

8

Die Rückfahrt verlief ohne weitere Zwischenfälle. Als die Männer drei Tage später in Wulaia an Land gingen, zeugten nur noch schwelende Trümmer von der mit so hochfliegenden Hoffnungen errichteten Missionsstation. Während sie auf der Suche nach Überlebenden oder Toten in der noch warmen Asche herumstocherten, kroch eine rußgeschwärzte Gestalt unter einem verkohlten Balken hervor. Im ersten Augenblick hielten sie den nackten Mann, aufgrund seiner pechschwarzen Hautfarbe, für einen Feuerländer, und Ned schickte sich an, ihn mit seiner Harpune niederzustrecken, als der Fremde sich durch Zuruf als Mr. Matthews zu erkennen gab. Nachdem er sich notdürftig gewaschen und mit heißem Tee gestärkt hatte, erzählte ihnen der Missionar, am ganzen Leibe zitternd, von seinem Martyrium. Nach dem Abzug Kapitän Fitzroys und seiner Mannschaft hätten die aufgebrachten Wilden Tag und Nacht die Missionsstation belagert. Sie hätten alles gestohlen, was nicht niet- und nagelfest gewesen sei, und hätten sogar die Nägel aus den Brettern entfernt, so daß die neuerbaute Kirche schon nach kurzer Zeit vom Einsturz bedroht gewesen sei. Tag und Nacht sei dem verängstigten Missionar das Wort »Jammerschoner« in den Ohren geklungen. Jemmy Button habe sich zum Anführer seines Stammes aufgeworfen, nachdem er seinen Onkel, York Minstrel, der ihm die Häuptlingswürde habe streitig machen wollen, hinterrücks ermordet und seine Schwester, Fuegia Basket, zur Frau genommen hatte. Da Mr. Matthews sich geweigert habe, das blutschänderische Verhältnis mit dem Segen Gottes zu versehen, habe Jemmy ihm damit gedroht, die Missionsstation niederzubrennen und den Missionar auf den glühenden Trümmern seiner Kirche lebendig zu rösten. Auf diese Weise, so habe er seinen Landsleuten einzureden versucht, würden die Engländer in einer Abendmahl genannten Zeremonie das Fleisch und Blut ihrer Priester verspeisen. Jemmys Stammesgenossen hätten jedoch seine auf englisch gegebenen Befehle nicht befolgt, weil sie sie nicht verstanden hätten, und sich statt dessen darauf beschränkt, die Missionsstation zu plündern und anzuzünden. Der Missionar habe gerade noch Zeit gefunden, seine Wertsachen im Keller seines Hauses zu vergraben, und anschließend, in einem leeren Pökelfaß versteckt, die Feuersbrunst mit angesengten Haaren überstanden. Nach Vollbringung dieser Heldentat sei Jemmy an der Spitze seiner Leute in die Berge aufgebrochen, um den Nachbarstamm der Tekenikas zu überfallen, mit dem diese seit Jahrzehnten in Frieden gelebt hätten.

Nach kurzem Aufenthalt kehrte die Expedition an Bord der Beagle zurück, wo Darwin zu seinem

Leidwesen feststellen mußte, daß die Matrosen seine Botanisiertrommel und seine Mineraliensammlung, die sie als nutzlosen Ballast ansahen, in seiner Abwesenheit über Bord geworfen hatten. So war die wissenschaftliche Ausbeute von Darwins Reise, all die mühselig präparierten und klassifizierten Pflanzen und Mineralien, ebenso den Weg alles Irdischen gegangen wie das ehrgeizige Missionswerk des Kapitäns.

Mr. Matthews blieb auf der Rückfahrt als Missionar in Neuseeland, wo er von aufständischen Maoris ermordet wurde; die größte Kirche von Christchurch trägt noch heute seinen Namen.

Über das weitere Schicksal des Tekenikavolkes gibt es nichts Nennenswertes zu berichten. Als Kapitän Fitzroy sechs Jahre später nach Wulaia zurückkehrte, war der gesamte Stamm bereits den von den Engländern eingeschleppten Pocken zum Opfer gefallen. Der letzte reinblütige Feuerländer starb im Jahre 1958. Wie nachträgliche ethnologische Untersuchungen ergaben, waren die Ureinwohner Feuerlands niemals Menschenfresser gewesen. Sie hatten lediglich aus Höflichkeit alle diesbezüglichen Fragen Darwins und seiner Begleiter mit »Ja« beantwortet.

Ein Brief des jüngeren Plinius

»Unsere Lage ist ausweglos«, schreibt Cajus Plinius Caecilius Secundus, auch Plinius der Jüngere genannt, in einem bis dahin unbekannten Brief, der vor kurzem bei archäologischen Ausgrabungen in seinem laurentinischen Landgut in der Nähe von Ostia ans Tageslicht kam. Da das guterhaltene, nur an den Rändern leicht verkohlte Manuskript zum Zeitpunkt seiner Entdeckung in einer mit Pech versiegelten Amphore steckte, die äußerlich starke Brandspuren aufwies, nimmt man an, daß der Verfasser oder sein für Schreibarbeiten verantwortlicher Sekretär den Brief auf diese Weise verborgen hat, um ihn vor der Zerstörungswut der Barbaren zu retten, die bekanntlich kurz nach Plinius' Tod dessen laurentinisches Landgut plünderten. Vielleicht handelte es sich bei diesen Barbaren auch um christliche Sklaven, welche seine Villa niederbrannten, um sich für die von Plinius während seiner Amtszeit als Statthalter von Bithynien angeordneten Christenverfolgungen zu rächen.

Einer anderen Version zufolge enthält der kürzlich entdeckte Papyrus lediglich den Entwurf oder die Abschrift eines Briefes, den Plinius nie abgeschickt hat, und den er seines brisanten Inhalts wegen vor der Mitwelt zu verbergen und für die Nachwelt aufzubewahren befahl.

Obwohl das Schreiben undatiert ist und keinerlei Hinweis auf Absender oder Adressaten enthält, ist es aufgrund gewisser sprachlicher Eigentümlichkeiten doch zweifelsfrei dem jüngeren Plinius zuzuordnen und, wegen seiner stilistischen Brillanz, neben so berühmte Briefe wie den über die Gattenliebe (Buch VI, 24), über Bienenzucht (IX, 13) und über die Unempfindlichkeit von Zuschauern zu stellen (XII, 22). Da es die genannten Briefe an philosophischem Gehalt sogar noch übertrifft, ist es nicht übertrieben, von einem kulturhistorischen Dokument ersten Ranges zu sprechen – ein Glücksfund, den wir der Gedankenlosigkeit eben jener Barbaren zu verdanken haben, welche die Villa des Cajus Plinius in Schutt und Asche legten. Der Brief hat folgenden Wortlaut:

»Unsere Lage ist ausweglos. Ich schreibe dies ohne jede Koketterie oder Ironie, die sich in meinem vorgerückten Alter ohnehin verbietet, dem Vorbild meiner philosophischen Lehrmeister folgend, welche mir beigebracht haben, die Unausweichlichkeiten des Schicksals heiter lächelnd zu ertragen: Sokrates, Seneca und der jüngere Cato sind so gestorben, indem sie sich, von ihren Parteigängern verraten, selbst den Tod gaben; auch mein seliger Oheim, Plinius der Ältere, hat sich klaglos in das über ihn verhängte Schicksal gefügt. Wenn ich an seinen Tod denke, beschleicht mich so etwas wie

Wehmut: Was waren das doch für Zeiten, da ein Vulkanausbruch wie der des Vesuv, der Pompeji und Herculaneum zerstörte, als das schlimmste aller denkbaren Übel erschien, während heutzutage ein Gespräch über einen Vulkanausbruch fast schon ein Verbrechen darstellt, weil es das Schweigen über so viele von Menschen begangene Untaten mit einschließt (um einen meiner bevorzugten Dichter zu zitieren).

Ich weiß nicht, wo ich bei der Schilderung aller uns heute bedrängenden Übel beginnen soll, ohne eines der Hauptübel zu vergessen und ohne, was fast noch unverzeihlicher wäre, allzu weitschweifig zu werden. Der äußere Feind steht an den Grenzen des Reichs, im Norden, Westen und Osten; nur das Meer im Süden legt ihm vorläufig noch ein Hindernis in den Weg, welches er mit Hilfe der von uns gelieferten modernen Kriegsschiffe jedoch bald überbrückt haben wird. Betrachtet man sein unaufhaltsames Vorrücken – wie ein Messer, das in ein Stück Butter eintaucht – über einen längeren Zeitraum hinweg aus philosophischer Distanz, unbeeinflußt von der Hektik der Ereignisse, so gewinnt man den Eindruck, daß es sich bei all diesen barbarischen Volksstämmen um Wellen ein- und desselben Ozeans handelt, der von allen Seiten gegen die befestigten Grenzen des Reichs anbrandet; ja, der Feind hat diese Grenzen bereits überschritten, ohne daß die Gänse des Kapitols uns mit ihrem Schnattern gewarnt hätten, und sollten sie doch versucht haben, uns zu warnen, hat der rings um uns ständig anschwellende Lärm ihr Schnattern übertönt. Die Barbaren haben schon lange aufgehört, uns zu schrecken – nicht etwa weil sie weniger barbarisch geworden wären als früher, sondern weil wir uns an ihren barbarischen Anblick gewöhnt haben. Rom sieht heute aus wie eine x-beliebige syrische oder ägyptische Stadt, durch deren Straßen sich der buntschillernde Abschaum Europas, Afrikas und Asiens ergießt; die Mauern seiner Tempel und öffentlichen Gebäude sind mit Kot und unflätigen Inschriften besudelt, in denen zum Umsturz der öffentlichen Ordnung aufgerufen wird. Die hautengen Lederhosen der Gallier, für die unsere Vorfahren nichts als Spott und Verachtung übrig hatten, sind auf den Straßen Mode geworden und gelten als Zeichen besonderer Männlichkeit, ebenso wie die weibischen Lieder und Tänze britannischer Barden; unsere Jugend begeistert sich für die abgeschmackten Heldentaten der Staatsfeinde Orgetorix und Vercingetorix, die in aus Gallien importierten Bilderbüchern verherrlicht werden. Zum Dank dafür, daß sie die stolzen Legionen des Varus in einen Hinterhalt gelockt und feige massakriert haben, haben wir die blutrünstigen Heerführer der Germanen mit Gold und Orden belohnt und ihnen den Befehl über unsere Armee anvertraut; Rom ist fest in germanischer Hand; unsere Frauen färben sich die Haare blond; die prätorianische Garde besteht fast nur noch aus Germanen, und der Tag ist nicht mehr fern, da sie auch den Kaiserthron für sich beanspruchen werden. Hinter den Germanen drohen die Goten und Skythen, hinter diesen aber, jenseits des Pontus, erhebt sich ein noch furchtbarerer Feind, den die meisten von uns nicht einmal vom Hörensagen kennen: Er ist klein und schief, und seine Augen sind schmal und gelb wie die der Parther; er reitet auf struppigen Pferden, und seine Horden sind so zahlreich, daß sie die Steppe schwarz färben und mit den Wolken ihrer Pfeile die Sonne verdunkeln. Dieser Feind sitzt Tag und Nacht im Sattel und legt in Windeseile gewaltige Entfernungen zurück; sogar seine Notdurft verrichtet er auf dem Rücken der Pferde; um den unerträglichen Gestank zu überdecken, der ihnen vorauseilt, schmieren sich die Angehörigen dieses barbarischen Volksstammes ranzige Butter in die Haare. Sie sind einem obersten Häuptling botmäßig, den sie Väterchen nennen und der die blutigsten Tyrannen der alten und neuen Zeit an Grausamkeit noch übertrifft: Im Krieg macht er keine Gefangenen; bei der Einnahme einer friedlichen Stadt verschont er weder Kinder noch Greise, vom schwachen Geschlecht ganz zu schweigen. Die Friedhofsruhe, die er über das besiegte Land verhängt, nachdem er seinen Blutdurst gestillt hat, nennt er »Frieden«, die Knechtschaft, die er dem unterjochten Volk auferlegt, »Freiheit«, und hinterher vergießt er bittere Tränen über die Undankbarkeit der Völker, die er auf diese Weise befriedet und befreit hat. Vielleicht werden noch Jahrhunderte vergehen, bis dieser Feind mit seinen barbarischen Horden vor den Toren Roms steht, vielleicht dauert es aber auch nur ein paar Tage; manchmal, wenn ich im Garten meines laurentinischen Landguts am Meeresufer spazierengehe, trägt der Seewind einen Geruch nach ranziger Butter von der kleinasiatischen Küste herüber.

Noch gefährlicher als der äußere Feind ist der innere Feind, der sich wie ein Krebsgeschwür auszubreiten beginnt und, wenn ihm nicht rechtzeitig Einhalt geboten wird, bald den gesamten Volks- und Staatskörper an Haupt und Gliedern durchsetzt haben wird. Was diesen Feind so gefährlich macht, ist, daß er Gewaltlosigkeit predigt und ständig die Worte »Liebe« und »Barmherzigkeit« im Munde führt, während er gleichzeitig den gewaltsamen Umsturz vorbereitet. Ich meine die Anhänger jenes aramäischen Aberglaubens, der jüngst aus Judäa zu uns gelangt ist, eine kleine Schar weltfremder Sektierer, die in letzter Zeit starken Zulauf bekommen haben und den alteingesessenen Religionen Konkurrenz zu machen beginnen. Da ich mir Klarheit darüber verschaffen wollte, was es mit diesem kleinasiatischen Mysterienkult auf sich hat, von dem man allenthalben solche Wunderdinge erzählt – Du kennst meinen unstillbaren Wissensdrang – ließ ich einen meiner Sklaven, der sich mir als Anhänger der neuen Lehre zu erkennen gegeben hatte, auf die Folter spannen und unterzog ihn einer hochnotpeinlichen Befragung. Abgesehen von dem peinlichen Schauspiel, das dieser religiöse Fanatiker bot, als ich ihm die gleiche Behandlung zuteil werden ließ wie seinem Lehrmeister aus Nazareth, den der Prokonsul von Judäa, Cajus Pontius Pilatus, wegen aufrührerischer Reden zur öffentlichen Hinrichtung verurteilte, die damals noch am Kreuz vollzogen wurde – abgesehen davon also gab dieser erbärmliche Mensch nichts als hanebüchenen Unsinn von sich, der den finstersten altägyptischen Aberglauben noch in den Schatten stellte und mich einmal mehr in meiner Überzeugung bestätigte, daß eine Sklavenseele nur sklavische Gedanken hegt. So erzählte er mir beispielsweise, daß die Mitglieder dieser Geheimsekte in einer Art heiligen Handlung den Leichnam ihres vor über siebzig Jahren verstorbenen Religionsstifters verspeisen; im Unterschied aber zu den Adepten des Midaskults, die bei ihren religiösen Zusammenkünften das noch warme Blut und Fleisch eines frisch geopferten Stiers verzehren, nehmen sie an Stelle von Fleisch und Blut lediglich Brot und Wein zu sich! Die Ausbreitung dieser Irrlehre, deren Gefolgschaft trotz strenger Verfolgung stetig zunimmt – wenn auch außer Sklaven und anderem Gesindel bisher noch kein römischer Bürger auf derartigen Unsinn hereingefallen ist –, bedeutet einen Rückfall in die schlimmste vorgriechische Barbarei. Da Ammenmärchen aber bekanntlich von Ammen erzählt werden, und da das Geschwätz dieser Ammen den Geist der ihrer Obhut anvertrauten Kinder nachhaltig prägt, ist es nur noch eine Frage der Zeit, bis selbst römische Bürger solche Ungereimtheiten nachplappern werden. Um in Erfahrung zu bringen, was uns in dieser Hinsicht noch alles bevorsteht, legte ich, nach dem Ableben des Delinquenten, seine inneren Organe dem Oberauguren des hiesigen Tempels zur Begutachtung vor, der aus der Stellung der Eingeweide und der grünlichen Verfärbung der Leber eine wenig günstige Prognose für die Zukunft Roms ablas: Demnach ist der Tag nicht mehr fern, an dem der verächtliche Sklavenkult zur offiziellen Staatsreligion erhoben wird. Ein Glück, daß wir als aufgeklärte Menschen solchen abergläubischen Auspizien keine Bedeutung beimessen!

Unsere gewählten Volksvertreter, anstatt den von allen Seiten andrängenden Übeln mit Festigkeit entgegenzutreten, tragen durch ihr opportunistisches Schwanken noch zu deren Vermehrung bei. Die Anhänger der Regierungspartei behaupten, um den äußeren Feind besiegen zu können, müßten wir zuerst den inneren Feind befrieden, und rechtfertigen damit die Tatenlosigkeit der Regierung; die Parteigänger der Opposition halten dem entgegen, die Befriedung des inneren Feindes sei nur durch den Sieg über den äußeren Feind zu erreichen. Die Anhänger der übrigen Parteien schlagen vor, entweder den inneren Feind zu bitten, den äußeren Feind zu besiegen, oder aber die Befriedung des inneren Feindes dem äußeren Feind zu überlassen; und die Neunmalklugen, die keiner Partei angehören, weisen uns darauf hin, daß Innen und Außen zwei Seiten ein- und derselben Sache sind: deshalb sei gar kein Widerstand nötig.

In dieser heillosen Sprach- und Geistesverwirrung bietet sich eine verkrachte Existenz als Retter in höchster Not an, die als politischer Glücksritter und Hasardeur schon einmal Schiffbruch erlitten hat, in der reichen Südprovinz, der Kornkammer des Reiches, aber noch immer über eine solide Hausmacht verfügt. Der Name dieses Mannes, dessen Griff nach dem höchsten Staatsamt eine ernste Gefahr für die Aufrechterhaltung unserer Freiheit bedeutet, ist ... (*Anmerkung des Herausgebers:* An dieser Stelle des Textes ist der Papyrus durch einen Brandfleck beschädigt; vielleicht liegt aber auch eine bewußte Ausmerzung des Namens durch Parteigänger des fraglichen Politikers vor, über dessen Identität wir deshalb nur vage Vermutungen anstellen können: Otho? Galba? Domitian?) Aufgrund seines zügellosen Temperaments, das sich in unkontrollierten Gemütsschwankungen und unmotivierten Wutausbrüchen gegen seine Untergebenen äußert, nimmt er es mit Recht und Gesetz nicht sehr genau und schreckt auch vor bösartiger Verleumdung seiner Gegner und Konkurrenten nicht zurück. Hinter seiner vulgären Volkstümlichkeit verbirgt sich eine tiefe Verachtung fürs Volk, hinter seiner rhetorischen Kraftmeierei steckt in Wahrheit politische Schwäche, hinter seiner bemühten Natürlichkeit nur gespreizte Unnatur.

Die Handlungsunfähigkeit des Staates wird durch wirtschaftliche Not noch verschlimmert, die zu einer immer spürbarer werdenden Verknappung aller lebensnotwendigen Güter geführt hat. Ob der allgemeine Mangel durch Mißwirtschaft und menschliches Versagen oder durch Mißernten und Naturkatastrophen verschuldet ist, mit denen die Götter die Menschen für ihre Hybris bestrafen, wage ich nicht zu entscheiden, und es interessiert mich auch nicht mehr. Was zählt ist einzig und allein die ständige Verteuerung aller Waren und Gegenstände des täglichen Bedarfs: So ist zum Beispiel das Öl, mit dem wir unsere Lampen und Herde befeuern, über Nacht plötzlich knapp geworden, was die Ölhändler zu Wucherpreisen und ungehemmter Spekulation verführt hat; selbst Wachskerzen, die früher auf den Märkten Roms für eine Handvoll Sesterzen im Dutzend verkauft wurden, sind plötzlich unauffindbar und damit unerschwinglich geworden, während gleichzeitig ganze Schiffsladungen mit Wachs und Öl im Meer versinken und die Strände mit klebrigem Schleim überziehen, in dem Abertausende von Seevögeln qualvoll verenden. Die Gelehrten und Philosophen, die in dieser verfahrenen Situation eigentlich Abhilfe wissen müßten, sind untereinander genauso zerstritten wie die Politiker und überbieten sich gegenseitig mit untauglichen Ratschlägen: Die Gelehrten schlagen uns vor, das heilige Feuer der Götter anzuzapfen, an dem Prometheus seine Fackel entzündete, um es für immer den Menschen dienstbar zu machen; sie vergessen dabei, daß Zeus den von Prometheus begangenen Frevel rächte, indem er ihn an den Felsen des Kaukasus schmiedete und die in der Büchse der Pandora eingeschlossenen Übel auf die Menschheit losließ. Die Philosophen dagegen erklären Öllampen, Öfen und sogar Wachskerzen für überflüssigen Luxus und raten uns, nachts die Lichter zu löschen und wie unsere Vorfahren, in Bärenfelle gewickelt, der Kälte zu trotzen, obwohl doch jedes Kind weiß, daß die Bären in Italien längst ausgerottet sind; nur indem wir auf alle Bequemlichkeiten des irdischen Lebens verzichten, so sagen sie, können wir das ewige Leben gewinnen. Hier wird der Einfluß der neuen, pseudophilosophischen Heilslehre sichtbar.

Auch aus dem Reich der Kunst gibt es wenig Rühmliches zu vermelden. Die Fähigkeit, formvollendete Gedichte, Bilder oder Statuen anzufertigen, ist gänzlich in Vergessenheit geraten; kein Dichter oder Bildhauer weiß mehr, wie ein trochäischer Vers oder eine korinthische Säule beschaffen ist, von einer attischen Tragödie und einem dorischen Tempel ganz zu schweigen. Statt dessen sind Dichter und Bildhauer dazu übergegangen, uns ihre Küchenzettel als Gedichte und Markthallen als Tempel zu verkaufen; die Fähigkeit zu lesen und zu schreiben, zu bauen, zu malen und zu musizieren wird bald endgültig der Vergangenheit angehören. Schon jetzt sieht man auf Hauswänden und Anschlagsäulen, wie der Satz »Ich liebe dich« durch ein von einem Pfeil durchbohrtes Herz und der Name des Stifters der neuen Religion durch einen ungelenk gemalten Fisch wiedergegeben werden – als wolle die Schrift auf diesem Wege zu ihren bildhaften Ursprüngen zurückkehren; aber dieser Zusammenhang ist den Urhebern solcher Inschriften noch nicht einmal bewußt.

Nach so vielen ermüdenden Erörterungen möchtest Du sicherlich erfahren, liebster Freund, wie ich bei all dem Ungemach die mir noch verbleibenden Tage verlebe – sofern man das wenige, was ich tue, noch Leben nennen will. Früher diktierte ich am Morgen, im Bett liegend, meine Korrespondenz; anschließend badete ich, focht oder ritt, speiste zu Mittag, ging auf die Jagd, beschnitt die Reben in meinem Garten, und nach getanem Tagwerk las ich die Klassiker. An alles das ist heute nicht mehr zu denken, selbst das Lesen hat mir der Arzt verboten, weil es bei der ringsum herrschenden Dunkelheit, die nur noch selten von einem Wachslicht oder einer Öllampe durchdrungen wird, meine Augen zu sehr anstrengt; noch dazu sind die wenigen mir noch verbliebenen Schriftrollen, die die Brandschatzung meiner Bibliothek unversehrt überstanden haben, durch unsachgemäße Lagerung feucht und brüchig geworden, so daß sie bei der leisesten Berührung zu Staub zerfallen. Ich habe mich in mein Schlafgemach zurückgezogen – der einzige Raum meines Hauses, den meine Sklaven noch nicht mit Beschlag belegt haben – und verbringe den ganzen Tag bis zum Hals zugedeckt im Bett. An Stelle einer eleganten Toga oder Tunika trage ich ein härenes Hemd und eine Nachtmütze; um mich gegen die durch die Ritzen des Fensters eindringende Kühle zu schützen, habe ich Arme und Beine mit Wollappen umwickelt. Auch das Wetter ist nicht mehr das, was es einmal war; tagsüber wird es nicht mehr richtig hell, die Kälte ist schneidender, durchdringender geworden, und der Winter hält das ganze Jahr über an. Wenn ich nicht im Halbschlaf vor mich hin döse – richtig geschlafen habe ich schon seit Jahren nicht mehr –, versuche ich mich auf die Vergangenheit zu konzentrieren und durch die Erinnerung an Gelebtes und Gelesenes meinen Geist zu üben, bevor er für immer erlischt. Daran werde ich jedoch durch das ständige Geschwätz meiner Sklaven gehindert, die unter dem Fenster meines Schlafgemachs ihre endlosen Zusammenkünfte abhalten und sich durch Ballspiele und Absingen religiöser Hymnen die Zeit verkürzen; ab und zu fällt ein von draußen hereingeworfener Ball auf mein Bett oder meine Schreibtafel, so daß ich, obwohl ich mir die Ohren mit Pech zugestopft habe, niemals Ruhe finde. Neuerdings verlangen meine Sklaven sogar Bezahlung für ihre Arbeit, die nur aus ewigem Müßiggang und kleinlichen Zänkereien besteht, mit denen sie sich und mir das Leben schwer machen. Um Zeit zu gewinnen und ihren Zorn vorübergehend zu besänftigen habe ich ihnen meinen Weinkeller zur Plünderung freigegeben; nur ein paar Flaschen des von Horaz besungenen hundertjährigen Falerner, den mir mein seliger Oheim vermacht hat, bevor der Ascheregen des Vesuv ihn bedeckte, habe ich rechtzeitig in Sicherheit gebracht und verwahre sie gut versteckt unter meiner Matratze. Jedesmal, wenn ich für einen kurzen Augenblick mein Bett verlasse, huscht die alte illyrische Putzfrau, die schon meinem Vater gedient und mich in jüngeren Jahren in die Liebe eingeführt hat, unter dem Vorwand, aufräumen zu müssen, ins Zimmer und durchwühlt Schränke und Truhen; aus Wut darüber, daß sie den unter meinem Bett verborgenen Wein nicht findet, wirft sie meine kalligraphisch geschriebenen Manuskripte, die die Quintessenz meines Lebens enthalten, zusammen mit Melonenkernen und Fischköpfen in die Abfallgrube, aus der ich sie dann, zusammengeknüllt und mit Sklavenkot verschmiert, wieder hervorziehe. Auf diese Weise will sie sich an mir für die furchtbare Demütigung rächen, die, ihrer Ansicht nach, darin besteht, daß ich sie in hohem Alter pensioniert und, mit einer stattlichen Geldsumme versehen, in die Freiheit entlassen habe. Am liebsten würde ich alle meine Sklaven fortschicken – meine Wassersuppe koche ich mir, aus Angst, vergiftet zu werden, schon lange selbst –, aber das Gesetz verbietet einen solchen Schritt, damit die Freigelassenen nicht das ständig wachsende Heer der Arbeitslosen in den römischen Vorstädten vergrößern und dem ohnehin bankrotten Staat auf der Tasche liegen.

So muß ich mich notgedrungen mit meinem Schicksal abfinden und lebe nur noch in der Erinnerung an die längst verklungenen Tage der Jugend, da ich mit dir, mein geliebter Freund, eng umschlungen in den heiligen Hainen von Kampanien lustwandelte. Was würde ich nicht geben für einen einzigen Schluck aus dem Zauberbecher, der die Zeit anhält und uns beiden den Frühling des Lebens zurückbrächte, da wir uns in deiner stillen Kammer umarmten, o mein –«

Anmerkung des Herausgebers: An dieser Stelle, die möglicherweise Aufschluß über seinen Adressaten hätte bringen können, bricht der Brief abrupt ab. Die jüngst geäußerte Annahme, daß es sich bei dem unbekannten Briefpartner um einen Jugendgeliebten des Autors handeln könnte, verbietet sich bei der bekannten Sittenstrenge des jüngeren Plinius – vgl. z. B. seinen Brief über die Bienenzucht, IX, 13, mit den Ausfällen wider die gleichgeschlechtliche Liebe – eigentlich von selbst. Dagegen sind in letzter Zeit von wissenschaftlich berufener Seite Zweifel an der Echtheit des Briefes laut geworden, da dieser nicht, wie sonst in der silbernen Latinität üblich, mit Tinte auf Pergament oder Papyrus, sondern mit Schreibmaschine auf holzfreiem Papier im Format Din A4 geschrieben ist. Endgültige Klarheit darüber, ob es sich um ein historisches Dokument oder um eine raffinierte Fälschung handelt, könnte nur die Untersuchung des Wasserzeichens bzw. die Datierung des Fundes mit Hilfe der Radiokarbon-Methode geben, für die jedoch bei der augenblicklichen Ebbe im Forschungsetat in absehbarer Zeit kaum Mittel bewilligt werden dürften.

Die Leiden des jungen Jerusalem

1

Jerusalem ist die ganze Zeit seines hiesigen Aufenthalts still und mißvergnügt gewesen ... Er saß nachmittagelang auf dem Kanapee, die blassen Hände im Schoß wie zwei tote Soldaten im Schützengraben, und hing seinen Gedanken nach. Es müssen recht hängerliche Gedanken gewesen sein, denen er da nachhing, denn er sprach zu niemandem kein Wort darüber, nicht einmal zu Kestner, der die meiste Zeit um ihn war. Das Kanapee, auf dem er saß, war grün, aber das war ihm einerlei, denn Farben nahm er schon längstens keine mehr wahr. Das hat Kestner gesagt, und der muß es wissen, denn Kestner war der einzige von seinen Freunden, dem er sich anvertraut hat, als er noch nicht so stille war. Im September hätten sie noch Blumen gepflückt auf den Wiesen und Feldrainen draußen vor der Stadt, rote und blaue und gelbe und Jelängerjelieber zweierlei Sorten und Tausendgüldenkraut für seinen Vater in Braunschweig gegen die Podagra. Aber als der Oktober gekommen sei, seien die Farben erloschen, und es sei grau in ihm geworden wie auf den Feldern ringsum. Die Stadt habe er von Anfang an unausstehlich gefunden, schlecht gebaut und unkömmlich, aber ringsum eine unaussprechliche Schönheit der Natur; die sei jetzt weg, und wo es sie doch noch gäbe, nähme er sie nicht mehr wahr, denn alle Augenlust sei sündhaft und vergänglich dazu. Zuletzt habe er sich geweigert, vor die Tür zu treten, aus Angst, von den niedrig ziehenden Wolken erdrückt zu werden. In der Nacht vor der Nacht, in der er sich erschossen hat, sagt Kestner, der es wissen muß, denn ihm hat Jerusalem seinen Traum erzählt, habe er geträumt, er habe sich im Schwarzwald verirrt, zwischen Notschrei und Todtmoos, wo der Schwarzwald am schwärzesten ist. Das sei ein rechtes Jammertal gewesen, kein Sonnenstrahl sei zwischen den bemoosten Tannen hindurchgedrungen auf den feuchten Waldboden; dann sei plötzlich die Nacht hereingebrochen, und er sei ziellos herumgeirrt ohne Weg und Steg, bis er von ferne einen Lichtschein erblickt, dem sei er nachgegangen bis zu einem einsamen Gehöft, wo man ihn gastlich aufgenommen habe. Die guten Leute hätten ihn mit Pflaumenkuchen bewirtet, frisch aus dem Backtrog, der Kuchen sei noch warm gewesen, und alle hätten tüchtig zugegriffen, nur er nicht, denn er habe mitten im Traum gewußt, daß das die H. gewesen sei, des kurpfälzischen Sekretärs H. Frau, die da auf dem Backblech vor ihm gelegen hätte. Sie sei von Wespen überkrochen gewesen, die mit gierigen Rüsseln den süßen Pflaumensaft gesoffen hätten. Die Wespen hätten blaugelbe

Fräcke getragen wie die Referendare am Reichskammergericht, auch Jerusalem habe diesen Sommer stets einen solchen Frack getragen, blauer Rock und gelbe Weste und Stulpenstiefel dazu. Vom Zusehen sei ihm übel geworden, er habe sich den Leib halten und auf die Gasse hinausstürzen wollen, um sich zu übergeben, aber zu seinem Unglück habe er die Türe verschlossen gefunden, und so habe er sich resolvieren müssen, über die Dachrinne zum Fenster hinauszusteigen, mit Gefahr und Schwindel und allem, was folgt. Und als er endlich wieder auf festem Boden gestanden sei, habe er feststellen müssen, daß er seinen Hut im Hause vergessen, und so habe er sich erneut auf die Suche gemacht und sei durch Kammern Säle Bilderkabinetts Schweineställe und Schlafzimmer hindurchgestiegen mit geängstigtem Herzen, bis ihm ein guter Geist erschienen sei in Gestalt des Kaspar, ehemaligen Bedienten im *Kronprinzen*, der ihn über Speicher und Kornböden hinaus ins Freie geführt habe. Aber über den Verlust seines Hutes sei er noch Stunden nach dem Aufwachen untröstlich gewesen.

2

»Ich bin nun mal der Narr«, soll Jerusalem zu Goethe gesagt haben am Vorabend von dessen Abreise, von welcher er freilich nichts ahnte, »ich bin nun mal der Narr, das Frauenzimmer für was Besonderes zu halten; und wäre sie so ordinär und hielte mich mit ihrem Gatten zum Besten, um desto sicherer mit ihren Reizen zu wuchern: der erste Augenblick, der mir das entdeckte, wäre der letzte unserer Bekanntschaft gewesen.« – »Entweder«, soll Goethe ihm geantwortet haben, wobei er ungeduldig in Jerusalems enger Stube auf und ab schritt, »entweder du hast Hoffnung auf die H. und sie erwidert deine Neigung, dann suche mit allen Mitteln die Erfüllung deiner Wünsche; im andern Fall ermanne dich und suche einer elenden Empfindung loszuwerden, die alle deine Kräfte verzehrt.« – »In der Welt«, soll Jerusalem hierauf erwidert haben, während er durchs Fenster nach draußen blickte, wo ein warmer Wind kraftlos im Laub der Obstbäume wühlte, »in der Welt ist es sehr selten mit einem einfachen Entweder-Oder getan: Oder kannst du von dem Unglücklichen, dessen Leben eine schleichende Krankheit dahinrafft, kannst du von ihm verlangen, mit einem Dolchstoß seiner Qual ein Ende zu machen? Und raubt das Übel, das seine Kräfte verzehrt, ihm nicht zugleich auch allen Mut, sich davon zu befreien?« – »Warte nur ab«, soll Goethe darauf mit Emphase ausgerufen haben, »ich will dir mit gutem Beispiel vorangehen, daß ihr noch lange an mich denkt!« Und schon am nächsten Morgen sei er in aller Frühe von W. abgereist, ohne Abschied zu nehmen, Gotter habe ihn bis Braunfels begleitet und von dort sei er zu Fuß das Lahntal hinab nach Ehrenbreitstein, um Mme. Laroche, Wielands gewesener Braut, seine Aufwartung zu machen. Jerusalem habe seine schnelle Entschlußkraft bewundert; Goethes Denkungsart sei edel; von Vorurteilen frei, handele er, wie es ihm einfalle, ohne sich darum zu bekümmern, ob es Mode ist oder ob es die Gesellschaft erlaubt. Er sei in allen Affekten heftig, habe aber auch viel Gewalt über sich. Aller Zwang sei ihm verhaßt; bei Kindern und Frauenzimmern sei er wohl angeschrieben. Freilich habe er auch, als Sohn eines sehr reichen Vaters, in seinem Äußeren und in seinem Betragen manches, das ihn unangenehm machen könne: So habe er seine plötzliche Abreise schon seit Wochen geplant und jedermann habe gewußt, daß sein Vater ihn nur für drei Monate nach W. geschickt hätte, nur den Zeitpunkt der Abreise habe er selbst gewählt, wobei man ihm einen gewissen Sinn für theatralischen Effekt nicht absprechen könne. So habe er am Morgen seines Aufbruchs seinen Bedienten im Deutschen Hause einen Zettel überbringen lassen mit der Nachricht: »Er ist fort, Kestner, wenn Sie diesen Zettel kriegen, er ist fort. Wär ich einen Augenblick länger bei euch geblieben, ich hätte nicht gehalten. O mein armer Kopf.« Die Worte auf dem Zettel hätten Jerusalem stark angegriffen, seit sieben Jahren sei ihm Goethe wie ein Bruder gewesen, seit sie in Leipzig zusammen Gottschedens Kollegien besucht, damals hätten sie verliebte Oden gedichtet an eine Demoiselle Oeser, die Tochter von Goethens Wirtsleuten, die sich gegen ihn bis zuletzt spröde gezeigt, sie seien fast täglich miteinander umgegangen, und jetzt das. Trotzdem habe er Goethes Abgang seinen Freunden gegenüber stets verteidigt, und als sich die Geheimrätin Lange bei ihm beklagt habe, sie wolle es seiner Mutter schreiben, wie sich der Dr. Goethe in W. aufgeführet, soll er ihr kalt erwidert haben: Warum sie ihren Neveu nicht besser erzogen habe? »Ein edles Herz und ein durchdringender Kopf – wie leicht gehen sie von außerordentlichen Empfindungen zu solchen Entschließungen über«: Diese Worte hat der junge Jerusalem am Tag nach Goethes Abreise auf die Rückseite eines der H. übersandten Billets notiert.

3

Die Nußbäume im Hof des Pfarrhauses bereiteten ihm viel Verdruß. Hier hatte er des öfteren an heißen Sommertagen im Schatten gesessen und mit dem alten Pfarrer geplaudert, der ihm erzählte, wie er an just dieser Stelle vor über fünfzig Jahren seine Frau gefreit hatte; inzwischen war der alte Pfarrer gestorben, und der junge Vikar hatte die Nußbäume abhauen lassen, weil das herabfallende

Laub ihm den Hof dumpfig machte und weil die Buben aus der Nachbarschaft mit Nüssen warfen und ihn bei seiner moralisch-kritischen Reform des Christentums störten. »O wenn ich Fürst wäre«, murmelte Jerusalem zähneknirschend, »ja wenn ich Fürst wäre – was kümmerten mich die Bäume in meinem Lande?« Den größten Verdruß aber bereitete ihm sein Hinauswurf, da er bei einem Empfang im Bassenheimschen Palais den Stuhl vor die Tür gesetzt bekam, obwohl der Graf ihm wohlgesonnen war und er sich sein Mißgeschick selbst zuzuschreiben hatte, weil er sich nicht subordinieren konnte. »Was sind das für Menschen«, soll er laut geäußert haben, während die Gäste in ihren gepuderten Perücken zur Tür hereinströmten und im Hintergrund des Saales die Tafelmusik aufspielte, »was sind das für Menschen, deren ganzes Trachten dahin geht, wie sie einen Stuhl weiter bei Tische aufrücken können – was für ein glänzendes Elend, welche Langeweile, was für erbärmliche Leidenschaften – ganz ohne Röckchen!« Hätte Goethe sich eine solche Bemerkung erlaubt, man hätt's ihm verziehen, weil er einen reichen Vater hatte und weil alle den guten Jungen liebten, besonders die Frauenzimmer, Jerusalem aber ward's übel vermerkt, und er hatte noch lange daran zu tragen. »Die Gesellschaft scheint unzufrieden, Sie hier zu sehen«, sagte der Graf, indem er ihn vertraulich beiseite nahm, worauf der sonst immer leichenblasse Jerusalem bis über beide Ohren errötete: »Exzellenz, ich bitte tausendmal um Vergebung, ich wollte schon vorhin mich empfehlen, ein böser Genius hat mich zurückgehalten . . .« Daraufhin ist er an der Phalanx der adligen Gäste vorbei, die ihn mißbilligend durch ihre Fächer und Lorgnons hindurch musterten, zum Ausgang gestürzt und hatte zu dem Schaden auch noch den Spott zu tragen, denn der Vorfall war schon in der ganzen Stadt herum und Tischgespräch im *Kronprinzen*, wo die Referendare, die ihm seine bevorzugte Stellung beim Grafen neideten, sich den Mund wäßrig redeten. Aber anstatt die Schuld in seiner eigenen mangelnden Subordination zu suchen, hat er die Gesellschaft für sein Mißgeschick verantwortlich gemacht und Kestner gegenüber geäußert, die Herren seien selber schuld, wenn ihnen der arme Mann feind werde.

Alles Hassenswerte, so ihm im Leben zugestoßen, stieß ihm jetzt auf. Von den Trauerspielen, die er las, waren ihm die fürchterlichsten die liebsten, von den Dichtern diejenigen, welche die Kirche auf den Index gesetzt hatte. In der Tasche seines blauen Rocks trug er stets ein abgegriffenes Exemplar der »Emilia Galotti« mit sich herum, aus dem er bei seinen Spaziergängen durch die Gassen der Stadt halblaut las oder rezitierte: »Gewalt! Gewalt! Wer kann der Gewalt nicht trotzen? Was Gewalt heißt, ist nichts: Verführung ist die wahre

Gewalt.« Dabei war er so tief in Gedanken versunken, daß er beim Überqueren des Marktplatzes einen Stand mit Kohlhäuptern umrannte, die wie abgeschlagene Köpfe über das Kopfsteinpflaster rollten. Hinterher war er der Marktfrau beim Einsammeln des Blaukohls behilflich, wobei er sich seine gelben Beinkleider mit Straßenkot befleckte, obwohl er als Person von Stand zu keiner Hilfeleistung verpflichtet war; dem Gerichtsdiener, der alles aus nächster Nähe mitangesehen hatte, gab er zwei Kreuzer, damit er den Vorfall nicht höheren Orts zur Anzeige bringe.

4

Von da an nahm das Verhängnis unaufhaltsam seinen Lauf. Jerusalem redete viel mit sich selbst und ging nachts im Mondschein auf der Gasse spazieren, um Blumen zu suchen für seine Geliebte. Dabei wiederholte er immer die gleichen Sätze, die wie Mühlsteine in seinem Kopf herumgingen: »Ich habe eine Bekanntschaft gemacht, die mein Herz näher angeht« und »Es ist doch gewiß, daß auf der Welt den Menschen nichts notwendig macht als die Liebe«. Eines Nachts verirrte er sich draußen vor der Stadt und wurde auf freiem Feld von einem Unwetter überrascht; am nächsten Morgen wurde er halberfroren aufgefunden, ohne Hut und Mantel schlafend am Fuß einer Friedhofsmauer, und auf Kestners Vorhaltungen, daß er von herabstürzendem Gestein hätte erschlagen werden können, meinte er, so sei's ihm gerade recht gewesen.

Ein andermal überrascht ihn sein Bedienter, wie er sich beim Brotschneiden – Jerusalem schnitt sein Frühstücksbrot immer selbst – das Brotmesser ein paar Zoll tief in die Brust zu senken versucht. Und als der Bediente, der ihn von Kindesbeinen an kennt und mit treuer Liebe an ihm hängt, ihn zur Vorsicht ermahnen will, sagt Jerusalem, dies sei nur das Vorspiel; demnächst werde er sich eine Kugel vor den Kopf schießen, und der Bediente müsse ihm dabei behilflich sein, denn es sei doch ärgerlich, wenn das Erschießen mißriete. Überhaupt bereitete er seinem Bedienten viel Verdruß, worüber dieser sich öfters Kestner gegenüber beschwert hat: Um Mitternacht gehe sein Herr auf dem Kirchhof spazieren, und der alte Diener müsse ihm ein Talglicht vorantragen, wobei ihm vor Entsetzen die Haare zu Berge stünden. Er besuche dann gewöhnlich das Grab des Bauernknechts, der vor zwei Monaten enthauptet worden sei, weil er den Bauern, mit dessen Frau er ein Verhältnis gehabt, nach dessen Rückkehr von einer Reise mit der Axt erschlagen habe. Am Grab des Unglücklichen, der auf Jerusalems Fürsprache an der Friedhofsmauer in geweihter Erde bestattet worden sei, habe sein Herr einen Rosenstrauch gepflanzt, zu dem er täglich seinen Bedienten schicke, ihn zu begießen; in einer Vollmondnacht habe er drei Musikanten aus einer nahgelegenen Schenke überredet, am Grab des Unglücklichen aufzuspielen, um ihm ein Ständchen zu bringen; kaum seien die ersten Töne der Musik erklungen, als der Geist des Verstorbenen aus dem Grab gestiegen sei, worauf die Musikanten schreiend Reißaus ergriffen hätten und auch durch die in Aussicht gestellte Bezahlung nicht zur Rückkehr zu bewegen gewesen seien; sie gaben später zu Protokoll, der Geist des Bauernknechts habe sein abgehauenes Haupt unterm Arm getragen, aber der Bediente will von all dem nichts gesehen haben und stellt das energisch in Abrede.

5

Jerusalem soll zu dieser Zeit an einem Aufsatz über die Unsterblichkeit der Seele gearbeitet haben, den er Mendelssohn widmen und Lessing zur Beurteilung zuschicken wollte, und der später unter seinen nachgelassenen Papieren gefunden wurde. Es stimmt nicht, daß er in dieser Schrift den Selbstmord verherrlicht habe; er hat lediglich die Art und Weise, wie Socrates und Seneca gestorben sind, der Nachwelt als leuchtendes Vorbild hingestellt. Unter den lebenden Philosophen schätzte er Mendelssohn am meisten, unter den lebenden Dichtern Lessing, während er sich von Goethe in seiner letzten Lebenszeit mehr und mehr abgewandt zu haben scheint, vielleicht aus Enttäuschung über dessen plötzliche Abreise. Jedenfalls schrieb er in einem Brief an seinen Studienfreund Eschenburg, Goethe, den er in Leipzig als Gecken kennengelernt, sei jetzt in Frankfurt unter die Zeitungsschreiber gegangen, was ihn noch unausstehlicher mache. Zwar hat Goethe selbst rückblikkend behauptet, Jerusalem habe wohlwollende Gesinnungen gegen ihn gehegt, aber an ein leichtes Einvernehmen zu glauben verbietet allein schon der Altersunterschied – Jerusalem war zwei Jahre älter als Goethe – und das unterschiedliche Temperament: Jerusalem war zu keiner Verstellung fähig, während Goethe einen eher biegsamen Charakter hatte. Beide waren gleichermaßen in Philosophie und *Belles Lettres* bewandert, aber Jerusalem war ein durch und durch dogmatischer Kopf, während Goethe *in principiis* noch nicht fest war, wie Kestner zu Recht bemerkt, und erst noch nach einem gewissen System strebte. Auch die von Lavater behauptete physiognomische Ähnlichkeit zwischen beiden ist gänzlich aus der Luft gegriffen: Goethe hatte stark hervorquellende Augen und eine fliehende Stirn, während Jerusalems Augen schwach und seine Stirnpartie desto stärker ausgeprägt war; außerdem waren seine Augen blau, nicht braun, wie aus seinem in Öl gemalten Porträt hervorgeht. Goethe war witzig und geistreich, während Jerusalem in Gesellschaft zumeist die Worte fehlten; er selbst hat sich in dem erwähnten Brief an Eschenburg einen *seccator* genannt, nicht *peccator*, sondern *seccator*, ein Ausdruck, den Goethe später in einem Brief an Frau v. Stein verwandt hat: Bei seiner ersten Begegnung mit der H. soll er stundenlang stumm am Teetisch gesessen und ihre Hände angeschaut haben, die sie zur Erfrischung in eine mit Rosenwasser gefüllte Schale aus Alabaster tauchte; erst als die übrigen Gäste gegangen seien, soll er auf italienisch, das ihm leichter von den Lippen ging als französisch, mit ihr über die lila Blumen konversiert haben, welche in Vasen auf der Fensterbank standen und bei denen es sich um Kartoffelblüten gehandelt haben soll. Am nächsten Morgen soll er seinen Bedienten in aller Frühe auf den Kartoffelacker geschickt haben, um Kartoffelstauden zu pflücken, und soll hinterher tief betrübt gewesen sein, als diese in seiner Stube keine Blüten trieben; erst am Morgen seines Todes hätten sich die ersten Knospen gezeigt, die an den darauffolgenden Tagen voll erblüht seien, aber die habe er nicht mehr zu Gesicht bekommen. Die Hauswirtin soll die Kartoffelblumen dann beim Ausfegen der Stube auf den Mist geworfen haben, sehr zum Leidwesen Lottes, die gerne die Blüten gepreßt und zur Erinnerung an Jerusalem in ihr Poesiealbum geklebt hätte, da Kestner es versäumt hatte, vom Haupte des Toten

Locken zu schneiden, was wegen des vergossenen Blutes auch nur schwer möglich gewesen wäre.

6

Über die Ursachen, die zu Jerusalems Freitod geführt haben, sind mehrere, oftmals einander widersprechende Erklärungen in Umlauf. Die Frauenzimmer beteuern, er habe sich aus verschmähter Liebe eine Kugel vor den Kopf geschossen, allen voran die H., die sich für die alleinige Verursacherin seines Liebesschmerzes hält, weil sie ihm nicht das habe geben können, was er von ihr zu erhalten wünschte. Ihre Kälte sei jedoch nur gespielt gewesen, seine wiederholten Liebesschwüre seien ihr zu Herzen gegangen, und sie habe alle ihre Kräfte zusammennehmen müssen, um nicht die *Contenance* zu verlieren und ihre heißen Tränen mit den seinigen zu vermischen; später, nachdem ihre Zofe ihm das Billet überbracht hatte, in dem sie Jerusalem das Haus verbot und ihm auf immer die Freundschaft aufkündigte, habe sie sich stundenlang in ihren Gemächern eingeschlossen und sei selbst für ihren Gatten nicht mehr zu sprechen gewesen, obwohl dieser das fatale Billet, das mittelbar Jerusalems Suizid veranlaßte, nur auf ihren Wunsch hin geschrieben hätte. Kestner gegenüber soll er später geäußert haben, was für Jerusalem seine Frau so anziehend gemacht habe, sei just die Unmöglichkeit gewesen, sie zu besitzen, weil sie einem andern vermählt gewesen sei; er habe ihr jedoch niemals Vorwürfe gemacht ihres vertrauten Umgangs wegen und auch gegen Jerusalem keinerlei Groll gehegt, im Gegenteil sei er mit der Duldung ihres beiderseitigen Verhältnisses bis an die Grenze des in einer kleinen Stadt Schicklichen gegangen; man habe bereits öffentlich darüber geredet, und sein Bedienter habe ihm hinterbracht, im *Kronprinzen* spotte man hinter vorgehaltener Hand darüber, daß sich der kurpfälzische Legationssekretär von seinem Assessor Hörner aufsetzen habe lassen.

Inzwischen haben sich auch noch andere Frauenzimmer gemeldet, die Anspruch darauf erheben, Jerusalems Liebesschmerz verursacht zu haben: So behauptet eine Demoiselle Oeser aus Leipzig in einer Zuschrift an die *Frankfurter gelehrten Anzeigen*, Jerusalem habe sich ihretwegen eine Kugel vor den Kopf geschossen, weil sie ihm als junges Mädchen einen Korb gegeben habe; zum Beweis für ihre Behauptung legt sie ihrem Brief ein angeblich an sie gerichtetes, von Goethe und Jerusalem gemeinsam verfaßtes Sonett bei. In W. hält sich dagegen hartnäckig das Gerücht, Jerusalem sei in Wahrheit in Kestners Braut Lotte verliebt gewesen und habe der H. nur zum Scheine Avancen gemacht, um von seiner heimlichen Liebe zur Kestnerin abzulenken, die von dieser auch erhört worden sei. Dieser von Lottes Rivalinnen verbreitete Klatsch hat durch die Veröffentlichung von Goethes Roman neuen Auftrieb bekommen, über dessen gering zu veranschlagenden literarischen Wert sich die Kritiker einig sind, der aber nichtsdestoweniger viel gelesen und von Frauenzimmern regelrecht verschlungen wird.

Die Männer, insonderheit diejenigen, welche Jerusalem näher gekannt haben, führen nicht verschmähte Liebe, sondern verletzte Ehre als Hauptursache seines Selbstmords an. Er habe es einfach nicht verwinden können, daß ihn der Graf auf so unangenehme Weise vor die Tür gesetzt, wo er doch stets sein Möglichstes getan habe, um die fatale Absonderung des Adels von den Nichtadligen zu tilgen. Bereits im vergangenen Winter soll es deshalb Händel gegeben haben, da er sich weigerte, dem Sohn des Hofrats N. beim Eislauf den Vortritt zu überlassen, was ihm heftige Reprochen von seiten seiner Vorgesetzten verursacht haben soll; trotzdem habe ihm der Graf sein Wohlwollen nicht entzogen und in einem Schreiben an seine vorgesetzte Behörde die Lauterkeit seines Charakters und die Vortrefflichkeit seiner Kenntnisse mit lobenden Worten bestätigt. Der Hofrat, der es dem Grafen verübelte, daß ihm anstelle des beantragten Kanzlisten wieder nur ein Assessor bewilligt worden war, noch dazu der Sohn eines Braunschweigischen Abts – er selbst gehörte zwar der lutherischen Konfession an, aber er speiste am liebsten mit Jesuiten und Dominikanerinnen zu Mittag, die nach ungelüfteten Betten und saurem Schweiß rochen, wie Jerusalem an Eschenburg schrieb – der Hofrat rächte sich also, indem er Jerusalem dienstlich schikanierte: So beklagte er sich wiederholt über den trotzigen Sinn seines Assessors und dessen Mangel an anständiger Humanität, sowie über Jerusalems Handschrift, welche die nötige Zierlichkeit vermissen lasse, und über seine unverständliche Aussprache des Lateinischen.

Diejenigen Freunde aber, denen er, wie Kestner und Eschenburg, Einblick in sein Innerstes gewährte, behaupten, der tiefere Grund für seinen Freitod sei ein philosophischer gewesen: es habe ihn zutiefst geschmerzt und gegrämt, daß er von seinem eigenen dogmatischen System in der Theorie und vom Vorbild der stoischen Philosophen in der Praxis abgewichen sei und zugelassen habe, daß seine Seele von einer Leidenschaft verdunkelt wurde, die sich der Kontrolle seines Verstandes entzog. Zuletzt sei ihm ähnliches mit Demoiselle Oeser in Leipzig passiert, und schon damals sei er nur mit Hilfe eiserner philosophischer Disziplin von dieser Krankheit genesen, welche ihn die besten Jahre seines Lebens gekostet habe. Seitdem habe er sich alle diesbezüglichen Tändeleien strikt untersagt und auch sämtliche Schriften, die von verliebten oder galanten Materien handelten, peinlich gemieden wie Klopstocks Oden, Gessners Schäfereien, die Sonette von Dante oder Petrarca: den schlüpfrigen Ovid habe er ganz, den schalkhaften Catull zum Teil aus seinem Bücherschrank entfernt, nur von seinem geliebten Horaz habe er nicht lassen können. Der unauflösliche Widerstreit seines Innern, so behaupten die Freunde, habe eine jener aus Lust und Grausen gemischten Empfindungen in ihm hervorgerufen, welche, gepaart mit der Neugier des Philosophen, den Vorhang zum Jenseits zu lüften, ihn zu der verhängnisvollen Tat bewog, mit der er sein junges, noch zu schönsten Hoffnungen berechtigendes Leben gewaltsam beendete.

7

Nach den Aussagen seines Bedienten, die dieser am Tag nach der Tat Kestner gegenüber zu Protokoll gab, stellt sich der Hergang wie folgt dar: Am Mittwoch bittet Jerusalem den kurpfälzischen Sekretär sowie dessen Gattin in den *Kronprinzen* zu Tisch. Er soll ziemlich aufgeräumt gewesen sein und eine halbe Flasche Wein geleert haben, und als ihm die H. zur Mäßigung rät mit den Worten: »Daß Sie sich nicht von einem Glase verleiten lassen, eine ganze Bouteille zu trinken, mein lieber Jerusalem!«, soll er laut aufgelacht und wieder und wieder gesagt haben: »*Mein lieber Jerusalem* – es ist das erste Mal, daß sie mich *Lieber* geheißen hat!« Und als die Wirtstochter gefragt habe, ob er anderntags wiederkäme und ob sie ihm einen Freiplatz reservieren solle, soll er voller Übermut ausgerufen haben: »Reservieren Sie mir einen Freiplatz im Himmel!« Man habe sich aber weiter nichts dabei gedacht, da er des öfteren bizarre Paradoxien geäußert und sich auffällig benommen haben soll. Nach dem Mittagessen hätten sie zu dritt im H.schen Hause Kaffee getrunken. Anschließend sei der Sekretär in die kurpfälzische Gesandtschaft gerufen worden und habe ihn mit seiner Gattin allein gelassen. Jerusalem sei urplötzlich in Stillschweigen verfallen, nachdem er zuvor ohne Unterlaß geredet und gescherzt hätte, und habe sich ohne Ankündigung der H. zu Füßen geworfen, um ihr seine Liebe zu gestehen, wobei er ihre Hände, in denen sie eine Stickarbeit hielt, mit heißen Tränen benetzt habe. Nur mit Mühe habe die H. sich seiner Zudringlichkeiten erwehren können und sei mit den Worten: »Das war das letzte Mal, Jerusalem, Sie sehen mich nicht wieder!« ins Nebenzimmer geflüchtet, dessen Türe sie fest von innen verriegelt habe. Als der pfälzische Sekretär von der Gesandtschaft zurückgekommen sei, habe er Jerusalem völlig verstört im Vorzimmer angetroffen, der ihn auf den Knien um Verzeihung gebeten habe, ohne sich näher erklären zu wollen oder zu können. Nachdem Jerusalem gegangen und die H. ihm von dem Vorgefallenen Bericht erstattet, habe er auf ihren Wunsch hin das Billet geschrieben, in dem sie sich seine Besuche künftighin verbat und ihm den Zutritt zu ihrem Haus verbot; das Billet sei noch im Laufe des Nachmittags seinem Bedienten überbracht worden.

Auf dem Heimweg begegnet ihm Kestner, der mit raschen Schritten dem Deutschen Hause zustrebt (jedenfalls glaubte Jerusalem dies, in Wirklichkeit war er unterwegs zum *Kronprinzen*), und er soll in einem besonderen Ton gesagt haben: »Wie glücklich er ist, wie ruhig er dahin geht!«

Zu Hause angekommen, sagt er zum Bedienten, er solle alles zur Abreise bereitmachen und seine Koffer packen, ohne ihm das Ziel der Reise zu nennen, was dem Bedienten jedoch nicht weiter auffiel, da er die sprunghaften Entschlüsse seines Herrn gewohnt war. Er schickt ihn zum Braunschweigischen Gesandten, um sein rückständiges Salär abzuholen und die ausstehenden Rechnungen zu begleichen, unter anderem für Manschetten, die er sich hatte anfertigen lassen und die er seinem Bedienten schenkte, da sie ihm nicht gefielen. Auch das kam dem Bedienten nicht weiter merkwürdig vor, weil er sich über die Manschetten freute. Inzwischen ist das von der H. übersandte Billet im Hause abgegeben worden, bei dessen Lektüre sich Jerusalems Gesicht mit tödlicher

Blässe überzieht. Er läßt sich jedoch nichts anmerken, schreibt einen Antwortbrief und übergibt ihn seinem Bedienten mit dem Auftrag, ihn unverzüglich im H.schen Hause abzuliefern, wo die dortige Magd auf Geheiß ihrer Herrschaft die Annahme des Briefes verweigert, da die H. sich auf keine Korrespondenz mit Jerusalem mehr einlassen wolle. Als der Bediente unverrichteter Dinge zurückkehrt, schickt er ihn ins Deutsche Haus mit einem Billet, das der Bediente unterwegs liest, da es in einem unverschlossenen Kuvert steckt: »Dürfte ich Ew. Wohlgeb. wohl zu einer vorzuhabenden Reise um Ihre Pistolen gehorsamst ersuchen?« Da Kestner zu dieser Stunde noch im *Kronprinzen* tafelt, bringt der Bediente erst gegen Abend die erbetenen Pistolen, die er vorher noch zum Büchsenmacher hat tragen müssen, um sie putzen und laden zu lassen, ein Paar Terzerolen. Kestner hat keinerlei Verdacht geschöpft, weil es in den umliegenden Wäldern von Wegelagerern wimmelt, die Überfälle auf Postkutschen und Reisende verüben.

Um sieben kommt der italienische Sprachlehrer zu ihm, den er mit den Worten empfängt: Es sei das Beste, sich aus diesem Jammertal wegzustehlen, und, nachdem er ihm seinen Lohn im voraus ausgehändigt, wieder entläßt. Der Bediente erscheint, um Holz im Ofen nachzulegen und seinem Herrn die Stiefel auszuziehen. Jerusalem sagt, er ginge noch aus, und trägt ihm auf, für sechs Uhr früh den

Barbier zu bestellen. Anschließend läuft er, den Hut tief ins Gesicht gezogen, in seinen dünnen Mantel gewickelt, durch die Schwarzadlergasse, ohne die Vorübergehenden anzusehen oder zu grüßen, und durchs Silberne Tor hinaus auf die Starke Weide, wo er im Nebel spazierengeht und unter den Trauerweiden am Flußufer verharrt, eine gute Stunde lang, und ins schwarze Wasser hinabblickt, in einer Stellung, als ob er sich hineinstürzen wolle.

Gegen neun läßt er sich vom Bedienten Essen aufs Zimmer bringen, das er jedoch nicht anrührt; nur von der Suppe hat er ein oder zwei Löffel zu sich genommen. Auch einen Schoppen Rotwein läßt er sich geben. Der Bediente, um recht früh bei der Hand zu sein, da sein Herr immer sehr akkurat gewesen, legt sich mit den Kleidern zu Bette, nachdem er ihm die Pistolen, geputzt und geladen, obenauf zu seinen Hemden und Büchern auf den gepackten Koffer gelegt.

Jerusalem geht unruhig in der Stube auf und ab, während ringsum die Lichter verlöschen. Der flakkernde Schein der Kerzen wirft seinen unruhigen Schatten auf die nachtdunkle Gasse hinaus. Er scheint noch gelesen und Briefe geschrieben zu haben, an seine Freunde und Verwandten, die er für alles Leid, welches er ihnen zugefügt, um Vergebung bittet, sowie an die H., bei der er sich für die Störung ihrer Seelenruhe und ihres ehelichen

Glücks entschuldigt. Der Brief soll mehrere Bögen umfaßt und mit den Worten geschlossen haben: »Um ein Uhr. Leb wohl, Liebste. Im jenseitigen Leben sehen wir uns wieder.« Vermutlich nach Beendigung des Briefes hat er sich über das rechte Auge hinein in den Kopf geschossen. Die Tat scheint im Lehnstuhl sitzend geschehen zu sein: Nicht nur das Polster, sondern auch die rechte Armlehne, über die er mit dem Kopf hinsank, war mit Blut verschmiert. Der Franziskanerpater aus dem gegenüberliegenden Kloster sagte aus, er habe nachts gegen ein Uhr einen Pulverblitz gesehen und ein Poltern gehört, welches aber nicht von dem Schuß, sondern von dem Lehnstuhl herrühren mußte, den er im Fallen zu Boden riß. Die Wirtsleute und die Nachbarn hörten nichts, weil ihre Schlafzimmer nicht zur Gasse, sondern zum Hof hinausgingen. Er scheint sich mit konvulsivischen Zuckungen noch bis unters Fenster geschleppt zu haben, vielleicht um Hilfe zu holen; dort verließen ihn die Kräfte.

Früh um sechs findet ihn der Bediente leise röchelnd am Boden seiner Stube. Zuerst glaubt er, sein Herr sei vom Wein berauscht, bis er, die Vorhänge zurückziehend, auf den Dielen Blut erblickt. Der Barbier, der im gleichen Moment zur Tür eintritt, läßt den Verletzten zur Ader, während der Bediente den Arzt und den Pfarrer benachrichtigt. Der Medicus fühlt ihm den Puls, während der Pfarrer dem Sterbenden aus der Bibel vorliest; er scheint dies noch mit Bewußtsein erlebt zu haben, wie aus dem sprechenden Blick seiner Augen hervorgeht. Das Blut fließt nur noch stockend aus dem langsam erkaltenden Arm; sein Atem geht rasselnd und stoßweise; der Brustkorb hebt und senkt sich ein letztes Mal und steht dann für immer still. Der Tod ist gegen zwölf Uhr mittags eingetreten. Kestner, der auf die Nachricht hin sofort herbeieilt, ist tief erschüttert; der Gedanke, daß er dem Unglücklichen das Werkzeug für seine Tat an die Hand gegeben, läßt ihm keine Ruhe und verfolgt ihn bis ans Ende seiner Tage. Als man der H. seinen Abschiedsbrief überbringt, fällt sie in Ohnmacht; die Ärzte fürchten um ihr Leben. Der kurpfälzische Sekretär bittet um Urlaub; auch der Graf zeigt sich persönlich betroffen. Nur der Hofrat sieht seine schlimmsten Befürchtungen bestätigt und spart nicht mit unzeitigen Vorwürfen: Er habe mehrfach vergeblich um Jerusalems Versetzung nachgesucht; von seinem gewaltsamen Tod erwarte er negative Auswirkungen auf die laufenden Verhandlungen zwischen Braunschweig und dem Reich. Um keinen Präzedenzfall zu schaffen und die gesandtschaftlichen Rechte zu wahren, untersagt er die vom Arzt gewünschte Öffnung der Leiche. Obwohl die Polizei die ganze Stube absucht, wird keine Kugel gefunden; nur Spritzer von Jerusalems Gehirn kleben an den Wänden.

8

Nachts um dreiviertel zwölf ward Jerusalem auf dem gewöhnlichen Kirchhof begraben, in aller Stille mit zwölf Laternen und wenigen Begleitern. Barbiergesellen haben ihn getragen; Kestner folgte dem Sarg; kein Geistlicher hat ihn begleitet.

Ein Unbekannter pflanzte eine Rose auf sein Grab. Dreißig Jahre später, nachdem die Friedhofsmauer, an der er seine letzte Ruhestätte gefunden hatte, einer Erweiterung der Stadtmauer und kriegsbedingten Schanzarbeiten hatte weichen müssen, wurde unter der Linde in Garbenheim, wo er einst mit Goethe gesessen, ein künstlicher Grabhügel aufgeschüttet, auf dem eine mit seinem Namenszug versehene Urne Platz fand. Dieses vermeintliche Werthergrab lockte zahlreiche Besucher an, bis die Urne auf Befehl des Generals Suworow beim Rückzug der russischen Truppen aus Paris beschlagnahmt und nach Sankt Petersburg geschafft wurde, wo sie eine Zeitlang im Winterpalast des Zaren ausgestellt war.

An dieser Stelle ist des Schicksals von Jerusalems Bedientem zu gedenken, der, nachdem er seinen Herrn auf so traurige Weise verloren hatte, die Nachricht erhielt, daß seine Frau während seiner langen Abwesenheit erkrankt war und daß man um ihr Leben fürchtete. Als er nach zweiwöchigem

Fußmarsch endlich in Braunschweig eintraf, war seine Frau wenige Stunden zuvor verstorben. Der Graf, dem der Vorfall zu Ohren kam, setzte dem treuen Bedienten eine Leibrente aus für den Rest seines Lebens, in deren Genuß dieser jedoch nicht mehr kam, da er aus Kummer über den doppelten Verlust, welcher ihn betroffen, selbst das Zeitliche segnete.

Goethe, der sich für die genauen Umstände, die zum Tode des jungen Jerusalem führten, so lebhaft interessierte, daß er einen ausführlichen Bericht von Kestner darüber anforderte, hat das tragische Schicksal des Bedienten in seinem »Werther«-Roman unerwähnt gelassen.

Inhalt

Alphabetisches Gesamtverzeichnis der suhrkamp taschenbücher